刺青

谷崎潤一郎

短篇小說精選集

目次

導讀

從初期短篇作品看谷崎潤一郎的特質

林水福

一

谷崎潤一郎的藝術本質爲何？這是難解的問題。初期，被稱爲惡魔主義作家，中期被稱爲無思想的異國情趣美的作家，進入昭和年代（一九二五—）被稱爲「回歸古典」時代，繼承日本美的傳統的作家。最後是晚年的老熟期時代，有以思慕美麗的母性爲主題的《少將滋幹之母》，也有以老年與性爲主題的《鍵》、《夢浮橋》，最後是谷崎文學代表作之一，也有人視爲最高峰的《瘋癲老人日記》。

谷崎出現日本文壇當時，自然主義文學盛行，風靡文壇；谷崎採取反抗立場，發表唯美、頹廢的〈刺青〉、〈祕密〉、〈幫間〉等作品，其特異的題材與嶄新風格受到高度肯定，因此，被稱爲唯美主義或耽美主義作家。一九一二年發表〈惡魔〉，模擬西歐十九世紀末文學的惡魔主義，因此又被視爲惡魔主義文學。惡魔主義，起源於十九世紀末的歐洲，從醜惡、怪異、怪奇、恐怖中找出美的觀念，可見頹廢、反社會傾向。波特萊爾和拜倫等是代表性作家。谷崎潤一郎初期作品可見惡魔主義作品。處女作〈刺青〉是其典型作品。

雖然如上述谷崎一生中風格數變，但也有貫穿一生的東西，如女性崇拜、戀足癖。所以，谷崎初期小說的翻譯，無論是欣賞谷崎寫作風格或研究，皆有其意義。

二

有人說從作家的處女作可以看出作家的特質與未來發展的方向。這句話用在谷崎潤一郎身上似乎也適用。

谷崎潤一郎在一九一〇及一一年發表〈刺青〉、〈少年〉、〈幫閒〉等作品之後，永井荷風於一九一一年十一月在《三田文學》發表〈谷崎潤一郎氏的作品〉指出谷崎作品的特質有三：一、從肉體的恐怖產生的神祕幽玄。二、從肉體上的殘忍體會到痛切的快感。都會性格。三、文章的完美。還說「谷崎氏於混沌的現今文壇無論出身、教養皆傑出的作家。」文壇大老的讚辭，有如給了谷崎進入文壇的入場券。如同後來夏目漱石稱讚芥川龍之介的〈鼻子〉，作用之大實非台灣文壇所能想像。

一九一〇年十一月發表於第二次《新思潮》的〈刺青〉，可視為處女作，出世之作。江戶的刺青師清吉多年來宿願是希望在光輝的肌膚，刺入自己的靈魂。終於第四年在深川的料理屋平清之前，看到一雙從轎子後邊露出的素足，「在他銳利的眼中，人的腳跟他的臉一樣有著複雜的表情。那個女人的腳，對他而言是尊貴的肌肉寶玉。從拇趾到小趾纖細的五趾形狀，色澤不輸在繪之島拾獲的淺紅色貝殼，腳踝圓滑像寶玉，讓人懷疑是不斷以岩石間清洌的水清洗出來的皮膚潤澤。這雙腳是喝男人的鮮血成長，是踐踏男人骷髏的腳。有這雙腳的女人是他多年來追求的、女人中的女人。」他在女人背上刺了一隻女郎蜘蛛，他的靈魂融入一滴一滴的墨汁，那刺青就是他一切的生命。

清吉把靈魂給了女的之後，主從地位完全逆轉，女性內藏的魔性與虐待狂傾向明顯顯現出來。她對清吉說：「你首先會成為我的肥料！」

面對憧憬的女性之前，男的毫無招架之力，願意為女的做任何事，可以忍受女的對他的虐待行為，不但不以為忤，還甘之如飴。後來的《痴人之愛》主角河合讓治，把十五歲的少女奈緒美塑造成無論精神或肉體都很美的理想女性；然而，當肉體方面

「比理想還美麗」，讓治成了「痴人」。爲了獲得奈緒美的愛，無論奈緒美做出什麼脫序的行爲，讓治都得接受，不得干涉。

從〈刺青〉就已出現的這種女性崇拜思想，《春琴抄》或許可說是其典型作品。春琴被熱水燙傷當夜，佐助趕到春琴枕邊，看到春琴淒慘的面容不敢正視，趕緊轉開臉。春琴不希望佐助看到自己醜陋的面容，佐助能了解春琴這樣的心情，爲了讓春琴安心，佐助自己用針刺瞎雙眼。小說中這場面的描寫極爲淒慘，想嘗受同樣痛苦的自虐達到極致。

〈刺青〉中另一個引人注意的是對女人美麗的腳的執著，〈富美子之足〉可見對腳的細微觀察與偏執，說是典型的戀足癖也不爲過。最後的作品《瘋癲老人日記》，把颯子腳的拓本比擬成佛足石，自己死後拓本製成石碑，讓自己永遠被颯子踩在腳下，合而爲一。

祕密

一九一一年發表於《中央公論》。當時能在《中央公論》發表作品代表是夠格的作家。主角「我」爲了排遣鬱悶心情，逃避目前的生活，想找隱身之處。後來找到淺草松葉町附近眞言宗的寺，那是位在大都會「如蜂巢交錯的大小無數街道」的小巷轉角處的「另一世界」，「我」以它爲隱身之處。每天晚上男扮女裝，混進照明燈和弧光燈照射的淺草公園的人群裡徘徊。透過祕密穿著看到的事物，一切都很新奇。

某夜，在電影院裡遇見往上海的船上有過關係的T女，被她識破身分。女的要「我」遮住眼睛，用人力車載「我」到不知何處的家。分不清是現實還是夢中，「我」享受著這樣的愛的冒險。「我」出自好奇心，嘗試種種推理，最後找到女的住處；然而，一切謎題解開之後，「我」拋棄了女的。這裡存在著解開初期谷崎文學利用強烈的色彩與感覺創造出官能世界的「裝置」。作品最後寫道：「我的心逐漸對『祕密』等緩慢、淡淡的快感無法滿足，傾向追求色彩濃厚、滿是鮮血的歡樂。」這裡暗示著之後大正期谷崎文學的方向性。

惡魔

〈惡魔〉與〈續惡魔〉，分別於一九一二及一九一三年發表於《中央公論》，儘管發表時間不同，並非兩篇作品，是連貫的一篇作品。佐伯與鈴木、照子同住一家，鈴木是書生（學生身分，住在主人家兼打工），佐伯是寄住照子家的親戚。佐伯神經衰弱，鈴木患有妄想症，猜疑心非常強烈，看來像是「惡魔」，其實眞正的惡魔是照子。承襲谷崎處女作〈刺青〉描寫女性優位征服男性的類型，除了受世紀末文學的影響之外，又融入性精神病理、精神分析學等，以至於有佐伯舔照子的鼻涕能產生快感的變態描述。

神童

一九一六年發表於《中央公論》。早熟的少年瀨川春之助，有神童之譽。小學時作漢詩，使老師震驚，讀東西宗教哲學書籍，想成爲聖人。由於家貧，父母準備小學一畢業就讓他當學徒。小學校長惜其才，出面斡旋讓春之助在雇主家兼家教，且住進雇主家，因此得以念中學。不久因思春期且染上惡習，開始憧憬起主人家豪奢的生活。最後悟出「我並非小時候所自戀的那種純潔無垢的人。我的內在也不具有宗教家或哲學家的情操。之所以看來如此，只是因爲我很有天分，讓我在各方面的理解力都比其他小孩強上許多。我的意志力太薄弱了，根本過不了禪僧般枯淡的禁欲生活。而我的感性又太敏銳了，比起宣講靈魂不滅，我這男子眞正的使命是要謳歌人生。至今，我仍不認爲自己只是凡人，還是覺得我是天才。而既然察覺到我的天職是讚嘆世間之美，謳歌人生宴樂，那麼我的天分就能發光發熱。」於是決心丟棄哲學書籍，埋首詩與藝術。

神童雖有誇張之處；不過，到文學的自覺部分濃厚反映作者自傳的要素。三島由紀夫說：「谷崎氏在〈神童〉已表明對一切知性教養的不信；這個發現正是谷崎發現成爲自己思想中軸的東西。是自我資質的發現同時也是宣言。」就這意義上，〈神童〉值得重視。

富美子之足

一九一九年發表於《雄辯》雜誌的〈富美子之足〉，描繪塚越老人的妾有著一雙舉世無雙的美麗的腳，谷崎以絢爛文體鉅細靡遺描繪富美子的腳。一雙腳可以這麼描寫，著實讓人「嘆爲觀止」！

美術系學生宇之是塚越老人，又稱隱居先生的遠親。老人要宇之幫富美子畫像，後來宇之就常出沒塚越老人住處；不是同情生病的老人，而是爲了富美子的腳。老人病入膏肓時，要宇之代替他學狗注視富美子的腳。老人因此「感受到滲入脾肺的快感」，而「模仿狗的我也體驗到跟隱居先生同樣刺激的快感。」「現在邊寫邊回想，一幕一幕清晰浮現眼前……那個，富美小姐的腳踩在我臉上時的心情——那時我覺得被踩的自己遠比看著出神的隱居幸福。」

臉被富美子的腳踏著感到無上的快樂，隱居先生最後在富美子的腳踩之下死去。這篇可說是「具體」描繪戀足癖的極致小說，至於晚年的《瘋癲老人日記》已從具象轉爲抽象，換句話說昇華爲精神層面。

刺青

林水福 譯

那是人們尙以「愚」爲尊貴道德，社會不像現在傾軋得那麼厲害的時候。老爺和少爺悠閒的臉上沒有陰影，女僕和花魁[1]的笑話不盡，與販賣饒舌的茶和尙[2]啦、幫間[3]啦這些職業還相當盛行，社會悠哉悠哉的時候。女定九郎[4]、女自雷也[5]、女鳴神[6]……當時的戲劇或草雙紙（從江戶中期到明治初，以插畫爲主的假名書寫讀物。剛開始以兒童爲主，後來擴大到大人，取材自淨琉璃及煙花柳巷。），都以美麗者爲強者，醜陋者爲弱者。每個人都努力變美的結果，以至於在天賦身體上注入色彩。鮮豔的、絢爛的線條與色彩在那時人們的身體上躍動。

過馬道[7]的客人選擇有漂亮刺青的轎子乘坐。連吉原、辰巳[8]的女人都爲有美麗刺青的男人傾倒。賭徒、消防員不用說了，連町人，偶爾還有武士也刺青。有時在兩國舉辦刺青會，與會者拍拍每個肌膚，彼此誇耀、互相評比奇特的圖案設計。

清吉這位年輕刺青師相當有本領。不輸淺草的查理文、松島町的奴平、空空次郎[9]等名手，大受歡迎，幾十人的肌膚在他繪筆下成了絹布攤開。在刺青會獲得好評的多數刺青出自他手。達磨金[10]擅長渲刺，唐草權太[11]以朱刺名手著稱，清吉則以構圖奇特線條突出而聞名。

原本慕豐國國貞（豐國指第一代浮世繪師歌川豐國，一七六九—一八二五。國貞指歌川國貞，一七八六—一八六四，豐國之高徒。）之風，想以浮世繪畫師維生，不意墮落成爲刺青師之後的清吉，依然保有畫家的良心與敏銳感。除非是具有能吸引他的皮膚與骨架的人，否則他不會賣他的刺青。即使偶爾能說動他，一切構圖和費用悉依他的要求，而且還要忍受一二個月難於忍受的針尖痛苦。

這個年輕刺青師心中隱藏著人所不知的快樂與宿願。他的針刺入人們肌膚時，無法忍受帶鮮紅的血而膨脹的肌肉疼痛，大多數男人會發出痛苦的呻吟聲，那呻吟聲越激烈他就越感到難於言喻的愉快。刺青中最痛的就是所謂的朱刺、渲刺——他更樂於使用這些刺法。一日平均刺五六百針，爲了使色澤好看泡熱水出來的人，都剩下半條命倒在清吉腳下，有一陣子連動都不能動。清吉經常冷冷地看著那淒慘的姿態。

「我想應該很痛吧！」

清吉高興地笑著說。

沒志氣的男子有如嘗受死亡的痛苦齜牙咧嘴，痛苦哀號時，他會說：

「你是江戶男兒吧！要忍耐。——因為清吉的針特別疼痛。」

側眼看眼眶含淚男子的臉，不在意地繼續刺。要是耐性強的人下定決心，連眉頭也不皺一個：

「哼！看不出你這麼能忍。——不過，等著瞧！馬上就痛起來，痛得你哇哇叫！」

笑著，露出白牙。

清吉年來的宿願是得到有光輝的美女肌膚，往那裡刺入自己的靈魂。關於那個女的容貌與素質，有種種要求。只是容貌美，肌膚美，他不會滿意的。調查過江戶色情場所有名的女人，也不容易找到適合他品味的。心中描繪未見過的人之姿態，即使三四年空憧憬，他還是不放棄其願望。

剛好第四年夏天的某個傍晚，經過深川的料理屋平清屋之前時，他突然發現停在門口那轎子的簾子後邊，露出潔白的女人素足。在他銳利的眼中，人的腳跟他的臉一樣有著複雜的表情。那個女人的腳，對他而言是尊貴的肌肉寶玉。從拇趾到小趾纖細的五趾形狀，色澤不輸在繪之島拾獲的淺紅色貝殼，腳踝圓滑像寶玉，讓人懷疑是不斷以岩石間清冽的水清洗出來的皮膚潤澤。這雙腳是喝男人的鮮血成長，是踐踏男人骷髏的腳。有這雙腳的女人是他多年來追求的、女人中的女人。清吉抑制雀躍的心，想看那個人的臉，在轎子後邊追，追了二三百公尺，不見蹤影。

清吉的憧憬依舊，但變成愛戀，那年就這麼過了，第五年春天也過了一半的某天早上。他在深川佐賀町的寓所，嘴裡含著牙籤，眺望鏽竹（將工藝品的竹子製成如生鏽般）套廊的萬年青，庭院後邊的木門似乎有人來訪，從竹籬後邊看到陌生的小姑娘進來。

那是熟識的辰巳藝妓派遣過來的。

「姊姊說，把這件短外褂交給老闆，請他在襯布畫圖……」

女孩解開包袱巾，從裡頭拿出像岩井杜若[12]臉的紙包著的女短外褂，和一封信。那信中拜託短外褂一事，末了寫著：派去的姑娘最近要以我妹妹的名義接客，請看在我情分上也多多照顧這個姑娘。

「總覺得是沒見過的臉，你之前來過這裡嗎？」

清吉說，直瞪著女孩看。年紀大概十六、七歲；可是，長久待在煙花柳巷，女孩的臉不可思議地像是玩弄過幾十個男人的年長女性般嫵媚。那是在全國所有罪與財富流入的都城，從幾十年前世世代代多少容貌漂亮的男女、如夢般數目中生出的容貌呀！

「你去年六月左右，曾經從平清坐轎子回去嗎？」

清吉這麼問著，讓女孩坐在廊下，仔細端詳擱在備後表[13]臺的巧致素足。

「是的，那時候由於父親還健在，有時候到平清哪！」

女孩笑著回答這奇妙的問題。

「這樣前後剛好五年，我一直等著你。臉是第一次看到，你的腳我可是有印象哦。——我有東西想讓你看，進來坐坐再回去吧！」

清吉抓著準備回去的女孩的手，帶她到面臨大川的二樓客廳之後，拿出兩捲卷軸，在女孩面前先攤開其中一捲。

那是畫著古時暴君紂王的寵妃末喜的畫。無論是撐不住鑲著琉璃珊瑚金冠重量的柔細身體，慵懶斜倚欄杆，綾羅衣裳下垂到階梯的中段，右手斜持大酒杯，眺望庭前馬上要被處刑犧牲的男性之妃子風情；或是四肢被鐵鍊綁在銅柱上，等待最後的命運，在妃子面前低著頭閉上眼睛的男子臉色，都畫得巧妙至極。

女孩對著奇怪的畫看得出神一陣子，她的瞳孔不知不覺發出光輝，嘴唇顫抖。奇怪的是她的臉逐漸像妃子的臉。女孩從那裡找到眞正的「自己」。

「這幅畫映照著你的心哪！」

清吉這麼說，愉悅地笑了，同時偷瞄女孩的臉。

「爲什麼讓我看這麼可怕的東西？」

女孩抬起蒼白的臉問。

「這幅畫的女人就是你！這個女的血液應該混在你的身體。」

他又攤開另一幅畫。

那幅畫的題目是〈肥料〉。畫面中央，年輕女性靠在櫻花樹幹，注視著腳下躺著的眾多纍纍男性屍骸。女孩身邊奏著凱歌的小鳥群，瞳孔洋溢著難以壓抑的驕傲與歡喜的眼色。那是大戰之後的景象？還是花園裡春天的景色呢？被迫看這幅畫的女孩，探索自我以及潛藏在自我心底的究竟是什麼的心情。

「這幅畫畫的是你的未來。倒在這裡的人，都是今後爲你捨命的人。」

清吉指著跟女孩臉一樣尺寸畫面的女孩說著。

「拜託啦！趕快把這畫收起來。」

女孩有如要逃避誘惑，背向畫面趴在榻榻米上，不久嘴唇又顫抖。

「老闆！我招認了。我是如您察覺到的、有畫裡女性的個性。——所以饒了我吧！

請把那畫收起來。」

「不要說膽怯的話，再仔細瞧瞧這幅畫。很快就會覺得可怕吧！」

清吉這麼說著，臉上出現常見的不懷好意的笑容。

然而，女孩的臉不輕易抬起來。用襯衫的袖子遮著臉一直趴著不動。

「老闆！請讓我回去吧。因爲在你身旁好可怕。」

重複了好幾次。

「等等！我要讓你成爲漂亮的女人。」

清吉邊說著邊若無其事靠近女孩旁邊。他懷裡藏著從荷蘭醫生那裡要到的麻醉劑瓶子。

太陽照射河面波光粼粼，八帖大的客廳像燃燒一般。水面反射的光線照在睡著的女孩天眞臉上，在紙拉門的紙上描繪出金色波紋。清吉把房間隔開，手拿著刺青道具，恍惚坐了一陣子。現在他可以開始仔細品味女孩的妙相。面對不動的臉，即使在這一室靜坐十年百年也不會厭煩。如古孟菲斯之民，將莊嚴的埃及天地以金字塔和人面獅身像裝飾，清吉也以自己的愛戀彩繪這清淨的人的皮膚。

不久，他左手的小指與無名指、拇指之間夾著的繪筆尖端放在女孩背上，用右手持針在上邊刺。年輕刺青師的靈魂融入墨汁，滲入皮膚裡。混著燒酒刺進去的每一滴琉球朱，是他生命的水滴。他從那裡看到自己靈魂的顏色。

不知不覺過午，和煦的春日接近暮色。清吉的手未停，女孩也沒從睡眠中醒來。清吉對擔心女孩遲遲不歸來接的人說：

「那個女孩早就回去了呀！」

打發他回去。月亮升上對岸的土州屋敷[14]之上，如夢月光流入沿岸一帶家家戶戶的客廳時，刺青還完成不到一半，清吉專心挑亮蠟燭。

對他來說即使是注入一點的顏色，都不是容易的功夫。每一針刺下去、拔出來都深深吐氣，感覺像是刺進自己的心。針痕逐漸開始出現巨大的女郎蜘蛛形狀，夜又到了泛白時候，這不可思議的魔性動物逐漸伸出八隻腳，盤踞整個背部。

春夜，在上下河的船櫓聲中變成黎明，從滿蓄朝風往下游航行的白帆頂端初染朝霞之中，中洲、箱崎、靈岸島家家戶戶的屋瓦閃耀時分，清吉終於放下繪筆，注視著刺在女孩背上的蜘蛛形狀。那刺青正是他生命的一切，那件工作結束後他的心是空虛的。

兩個人影就這樣有一陣子動也不動。之後，低低的、嘶啞的聲音響徹房間四壁。

「我爲了讓你成爲眞正的美女，刺青中注入我的靈魂，從現在起全日本已沒有勝過你的女人了。你已經不像以往那麼膽怯了，所有男人都會成爲你的肥料……」

或許這句話她懂了，從她嘴裡傳出輕微如游絲的呻吟聲。女孩慢慢、慢慢恢復知覺，用力吸氣、吐氣時，蜘蛛的腳像活的蠕動。

「很難受吧！身體被蜘蛛緊緊抱住。」

清吉這麼一說，女孩微微張開無意識的眼睛。她的瞳孔如夕月增加光輝逐漸發亮，映照男人的臉。

「老闆！趕快讓我看背上的蜘蛛，有了你的性命，我應該變得漂亮吧！」

女孩的話像夢話，可是語氣中有著銳利的力量。

「接下來要到澡間上顏色，會很痛要忍耐哦！」

清吉嘴巴靠近女孩耳邊，安慰似地說。

「只要能變漂亮，無論怎樣我都會忍耐。」

女孩壓抑身體的疼痛勉強擠出微笑。

「啊！熱水滲進去很痛呀！……老闆！拜託你不要管我，到二樓去等我，我不要讓男人看到這麼淒慘的樣子。」

女孩也顧不得擦拭剛從澡間上來的身體，推開清吉伸過來的手，因激烈的疼痛倒在浴室沖洗身體的木板上，如做惡夢呻吟。有如發狂，頭髮散亂臉頰上。女孩背後豎著的鏡台，映照出兩隻潔白的腳底。

清吉對女孩跟昨天完全不同的態度，大為吃驚；依她的話獨自上二樓等待，大約半小時，女孩洗過的頭髮垂下兩肩，整妝好之後上來。完全不見疼痛的陰影，她靠在欄杆，明亮的眼睛仰望朦朧的天空。

「這幅畫和刺青都給你，可以拿回去了。」

清吉說著，把畫卷放在女孩面前。

「老闆！我已經完全捨棄以往的膽怯。——你首先會成為我的肥料。」

女的瞳孔發出如劍的光芒。她的耳邊響起凱旋之歌。

「回去之前，再讓我看一下身上的刺青。」清吉說。

女的默默點頭，脫下衣服。朝日剛好照射刺青表面，女的背部燦爛。

譯注：

1 指妓女。
2 江户城内幫忙倒茶、留和尚頭的男子。
3 宴席上助興之人。
4 歌舞伎「假名手本忠臣藏」第五段，於山崎街道登場之定九郎以女性扮演。
5 歌舞伎「兒雷也豪傑物語」以女性扮演。
6 女形演「鳴神」。
7 台東區前草馬道。位於從淺草觀音往北到吉原遊廓途中。
8 江户深川妓館區。
9 查理文、奴平、空空次郎基刺青師之名。
10 刺青師名。
11 刺青師名。
12 指歌舞伎名演員第五代岩井半四郎（一七七六—一八四七）之俳號。
13 今廣島縣一部分之備後地方產最高級的草席面。
14 土佐藩主山内家的江户宅邸。

祕密

林水福 譯

那時候，我因爲某件事心情煩躁，想遠離迄今包圍自己的熱鬧氛圍，想從因各種關係繼續交往的男女圈內，悄悄逃離，四處尋找隱蔽的家，最後找到淺草松葉町邊的眞言寺，終於租借一間僧房。

先到新堀的水溝，從菊屋橋經門跡的後方一直向前行，在十二階的下方、出入喧鬧陰暗的街道中，佛寺就在那兒。有如打翻的垃圾桶，那一帶廣闊貧民窟的另一邊，黃橙色的土牆壁長長延伸，予人安詳而沉重且寂寞之感。

我從一開始就覺得往澀谷或大久保的郊外隱遁，不如找個市內某處大家沒注意到的、極端衰頹的地方。有如水流湍急的溪流，處處有水流遲緩的深淵，非得夾雜在下町人跡雜沓的巷弄之間，極爲特殊的場所；或除非特殊的人否則不會通行的寂靜角落不可。

同時我又考慮到：我很喜歡旅行，從京都、仙台、北海道到九州都走過。可是在這東京的街道之中，出生於人形町二十年來一直住著的東京街道中，一定有自己從未踏入的街道。不！一定比想像的還多。

大都會的下町，如蜂巢交錯的無數大小街道之中，我走過的，跟沒走過的，到底哪邊比較多，我不知道。

大概是十一、二歲左右吧！我和父親一起到深川的八幡時，他說：

「現在過渡口，在冬木的米市請你吃有名的麵。」

父親帶我到院內的社殿後方。那裡跟小網町或小舟町邊的溝渠大異其趣，溝面狹窄，河岸低、水漲得滿滿的河川，宛如分開兩岸蓋得小而密痲的家家戶戶，陰鬱地流呀流。小小渡船穿梭在比河面寬的小茶船或大舢舨之間，往水底頂二竿三竿，悠哉悠哉地往返其間。

我在那之前雖曾到過八幡，但從未想過院內的後邊長什麼樣子。經常從正面的鳥居到社殿參拜而已，自然以爲有如全景畫只有表面、沒有後面，就是全部的景色。如今眼前看到有這樣河川和渡口，而它前方廣闊的地面如無止境延伸，謎般的光景，感覺東京比大阪或京都離得更遠，有如屢屢夢見的某個世界。

接著我想像淺草觀音堂正後方的街道長相；只能清楚浮現從仲店的街道仰望宏大朱色觀音堂的琉璃瓦樣子，其他地方全無印象。逐漸長大，交遊廣闊，或拜訪熟人之家或賞花遊山玩水，似乎走遍全東京；卻屢屢遇到有如孩童時代經驗的不可思議的另一世界。

心想這樣的另一世界正是自己藏身的地方，到處尋找到處看，越看越多才發現到處有自己沒去過的地方。淺草橋與和泉橋走過不知幾次，其間的左衛門橋卻沒走過。到二長町的市村座，經常從電車道在麵店的邊邊右轉；然而，從那草地直直走出柳盛座約二、三百公尺的地面，卻不記得去過。從昔日永代橋右岸中間，左方的河岸究竟是何景象，也不清楚。此外，八丁堀、越前堀、三味線堀、山谷堀的交界，似乎還有許多不知之處。

松葉町某寺近旁，是其中最奇妙的街道。六區與吉源近在咫尺，往小巷轉的地方形成寂寞、頹廢的區域，我深爲喜歡。把到目前爲止自己獨一無二的親友「華麗奢侈卻平凡的東京」扔下，旁觀其騷動，悄悄隱身其中，愉快得不得了。

隱遁的目的不是爲了讀書，那陣子我的神經好像刀刃磨光了的銼刀，銳角全沒了，除非碰到色彩相當濃厚鮮豔的東西，否則不會興起任何興趣。需要纖細的感受性的一流藝術，或玩味一流的料理都不可能了。對有下町精萃之稱的茶屋的料理感動，對仁左衛門或雁治郎的技巧讚嘆，接受所有來自都會的歡樂之心已然荒廢。每天重複過著因懶惰造成的無趣怠惰的生活，已經受不了，想擺脫一切老套，找出喜歡的、人爲的生活方式。

沒有什麼可以讓已經習慣普通刺激的神經稍微顫抖的，某種不可思議的、奇怪的事嗎？不能棲息在遠離現實的野蠻荒唐夢幻空氣之中嗎？這麼想，我的靈魂徘徊在遙遠的巴比倫或亞述的古代傳說世界，想像柯南道爾或淚香[1]的偵探小說，羨慕光線熾烈的熱帶地方的焦土與綠野，憧憬頑皮的少年時代的奇異惡作劇。

即使只是從喧譁的社會突然韜晦，行動祕密，我想也可以賦予自己生活一種神祕的、浪漫的色彩。我從孩童時代就深深體會祕密這東西的趣味。捉迷藏、尋寶、躲貓貓那樣的遊戲——特別是黃昏暗黑時候，在陰暗的置物小屋前或左右對開的兩扇門前玩的趣味，無疑的主要是其間潛藏的「祕密」的、不可思議的氣氛。

我想再一次經驗幼年時代捉迷藏那樣的趣味，故意隱身在下町人們察覺不到的曖昧地方。而寺的宗旨跟「祕密」啦、「符咒」啦、「詛咒」啦等關係密切的眞言宗也誘發了我的好奇心，認爲是培育妄想的好地方。房間是新建僧房的一部分，面向南八帖、日曬下逐漸變褐色的榻榻米，反而看來予人安詳溫暖的感覺。一過午，暖和的秋日如幻燈，照射屋緣的紙拉門，室內明亮如大的紙罩蠟燈。

然後將我迄今親近的哲學或有關藝術的書籍全部放在櫥子裡，把魔術、催眠術、偵探小說、化學、解剖學、奇怪的傳說，和有許多插畫的書籍如伏天前後曬書散置房間，隨意躺下伸手所及翻開耽讀。其中，柯南道爾的 *The Sign of Four* 或德金溪的 *Murder, Considered as one of the fine arts* 或阿拉伯之夜那樣的童話，混合著法國不可思議的 Sexuology 的書。

強烈拜託這裡的住持將密藏的地獄極樂圖、須彌山圖、涅槃像、種種舊佛畫像掛在學校教師室的地圖那樣，隨意垂吊房間四壁欣賞。從佛龕的香爐冒出紫色煙始終垂直上升，瀰漫明亮溫暖的室內。我有時到菊屋橋邊的香鋪買白檀或沉香來燻。

天氣好的日子，燦爛如正午的光線照射到紙拉門時的室內，呈現讓人驚醒的景象。色彩炫燦的古畫諸佛、羅漢、比丘、比丘尼、優婆塞、象、獅子、麒麟等從四壁的紙寬度內、在滿溢的光中優游起來。從扔在榻榻米上無數的書籍之中，種種眾多的傀儡——慘殺、麻醉、魔藥、妖女、宗教，融入薰香的煙裡，朦朧籠罩之中，鋪上兩帖大小的絨毛毯，我躺著張開混濁像蠻人的瞳孔，每天心中描繪幻覺。

夜晚九時左右，寺裡的人大概就寢之後，我打開角瓶的威士忌喝醉後，任意取下走廊的防雨窗，越過墓地的樹籬笆出去散步。我每晚更換服裝盡可能不引人注意，潛入公園人群擁擠之中，或逛古道具店、舊書店。也有用手巾包住臉和手，披著棉織的短外褂，在磨得漂亮的腳趾上塗紅色，穿上竹皮履。也有戴上金邊的有色眼鏡，豎起雙重衣襟出去的。戴上假鬍子，假痣，改變各種裝扮，覺得有趣；某一晚，在三味線堀的舊衣店，看到藍底有大小霰細紋的女夾衣，突然很想穿看看。

畢竟我對於衣服除了色彩好壞、圖樣漂亮與否之外，有著更深的愛戀。不只限於女性衣服，看到、碰到所有美的絹織品時，不自覺地想接近，也有如看到戀人的肌膚達到快感的高潮的時候。特別是我很喜歡的衣服或皺綢，甚至對不必忌諱可任意穿著的女性的處境，感到忌妒。

在那舊衣服店吊掛的小紋皺綢夾衣——一想到那沉著、重而冷的布包裹肉體時的愉悅，我不由得顫慄。我想穿著那衣服走在街上看看……念頭這麼一動，我想馬上買下它，順便連友禪的長襯衣、黑皺綢的外褂都買齊了。

矮男子的我注意尺寸，穿著看起來像大個頭的女性。夜深人靜寺中靜悄悄時，我偷偷對著鏡台開始化妝。先用黏稠的白粉塗帶黃色的鼻梁，瞬間黏著的容貌，看來有點怪怪的；但是濃稠的白色黏液用手掌不斷往臉上塗抹、擴散，黏液比想像要好，甜而香的液體往毛細孔滲入，皮膚的歡愉，很特別。我純白有如石膏的臉，塗上紅色和砥石粉變成鮮豔有生氣的女性臉，眞有趣！我了解到俳優或藝妓或一般女性日常以自己的肉體爲材料嘗試的化妝技巧，比起文士或畫家的藝術，有趣多多。

長襯衣、貼身裙、襯領，還有會發出丘丘聲的紅娟袖兜——給了我的肉體跟所有普通女性體會到的同等觸感，從髮際到手腕塗白色，在「銀杏返」[2]的假髮上戴高祖頭巾[3]，混進人群雜沓的夜晚街道。

那是陰天微暗的晚上，在千束町、清住町、龍泉寺町——那一帶河川多、寂寞的街道，晃蕩了一陣子，巡邏的警察、行人似乎都沒察覺到我扮女裝。像貼著一張嫩皮、乾乾的臉上，冷冷的夜風輕拂而過。遮住嘴邊的頭巾布因呼吸而濕熱，每走一步，長長的皺綢貼身裙的下襬，嬉鬧似的會往腳纏。從心窩到肋骨邊僅僅束著的圓帶和綁住骨盤的腰帶，讓我體內的血管自然像女性一樣血液流動，感覺男子的氣氛和姿勢逐漸消失。

從友禪袖子裡邊伸出塗了白粉的手一看，暗黑中強勁有力的線條消失，呈現的是白色柔軟。對自己手的美，自戀。實際擁有這麼美的手的女人，讓人羨慕。像戲劇的辨天小僧[4]，有這樣的姿態犯種種罪行的話，多麼有趣呀！……產生彷彿讓偵探小說、犯罪小說的讀者感到有趣的「祕密」、「疑惑」的心情，我的腳步逐漸移往人多的、公園六區那邊。可以把自己想成是幹下殺人、強盜之類的，非常殘忍的傢伙。

從十二階之前到池邊，一出歌劇館的十字路，照明和弧光燈的光燦燦照在我化了濃妝的臉上，清楚看出我衣服的色彩和條紋。來到常盤座[5]之前時，盡頭照相館的玄關大鏡，映照夾雜在雜沓人群當中、巧妙扮成女裝的我。

塗得厚厚的白粉底下完全掩蓋了「男性」的祕密，眼神嘴角的動作像女性，連笑也像女性。甜甜的指甲花味道，與發出如私語般衣服摩擦的聲音，前後跟我錯身而過的幾群女性，都認爲我是同類不感到訝異。而且這些女性當中，還有人羨慕似地看我優雅的臉型，與古式衣裳品味。

早已見慣的公園的夜晚喧嚷，在有著「祕密」的我眼中，一切都是新的。無論到何處，看到什麼，都像第一次接觸感到珍奇。欺騙人的眼睛，瞞過燈光，隱藏在濃豔脂粉與皺綢衣裳下的自己，由於隔著「祕密」的一張帷幕眺望，可能是平凡的現實都被畫上如夢的不可思議色彩。

之後，我每晚都繼續這裝扮，有時坦然混入宮戶座[6]或電影院。回到寺裡接近十二時；一進入房間馬上打開電燈，身體已疲累，衣裳不解，隨意躺在毛毯上惋惜似地看著絢燦的和服顏色，甩甩袖口看看。對著鏡子凝視已開始脫落的白粉滲入肌理粗糙鬆弛的臉頰皮膚，頹廢的快感有如陳年葡萄酒的酒醉，騷動靈魂。也有穿著花俏刺目的長襯衫，有如遊女慵懶趴在棉被上，翻閱如上述奇怪書籍直到深夜。裝扮技術漸漸巧妙，膽子也變大，爲了培養好奇的聯想，也有把匕首、麻藥插在腰帶外出的。我不會犯罪，只是想盡情體會因犯罪而帶來的美麗、浪漫的氣氛。

這樣大約過了一星期的某晚，我不意由於不可思議的因緣碰到更奇怪、更好奇、更神祕的事件開端。

那一晚，我比平常多喝了威士忌，登上三友館二樓的貴賓席。已經接近十時，擠滿人群的場內，充滿混濁如霧的空氣，黑壓壓、一塊塊蠢動的群眾呼吸飄散，如臉上腐敗的白粉。黑暗中咔咔作響讓人目眩的電影光線每次刺到瞳孔，我醉了的頭痛得快裂開。不時電影停止，霎時燈光亮起，我從深深的高祖頭巾裡邊透過如從溪底上湧的雲層、在樓下群眾頭上浮動的香菸煙霧，環顧場內滿溢的人群顏面。珍奇似的窺視我舊式頭巾姿態的男子、或偷偷瞧我希望像我一樣穿著的多數女子，我竊自得意。觀賞的女子當中，無論是從打扮的異樣，或樣子的婀娜，乃至容貌，沒有人像我那麼引人注意的。

剛開始應該空著的我旁邊的貴賓席，不知何時塞滿了；二、三次電燈再亮時，發覺我左鄰已有兩個男女坐著。

女的看來二十二、三歲，其實，應有二十六、七歲吧！頭髮梳成三個圓髻，全身用藍空顏色披風包裹，露出鮮豔欲滴的美貌。分不清是藝妓或名媛；從同伴的紳士態度推測似乎不是嚴肅的人妻。

「……Arrested at last.……」

女的小聲念出現影片中的說明，土耳其香味濃厚的M. C. C.菸味吹到我臉上，比戴在手指上的寶石更大更燦爛的眼睛，黑暗中偷瞄我。

與豔麗姿態不符的如粗桿三弦師傅沙啞的聲音──那聲音無疑的是我二、三年前旅行上海的航海途中，有過短暫關係的T女。

記得女人那時候穿著分不清是商人或素人的打扮與服裝。船中同行男子與今夜的男子，風采容貌完全不同；或許連結這二個男子之間的無數男子，將女人過去的生涯像鎖鏈一樣貫穿著。總之，那個婦人無疑的是從這個男子到那個男子，像蝴蝶一樣飛來飛去的那種女性。兩年前在船上開始認識時，兩人因種種緣由沒有說出本名眞姓，連住所、來歷都不清楚之中抵達上海。而我對喜歡上自己的女人隨意敷衍，悄悄隱匿蹤跡。之後，只以爲是太平洋上夢中女孩的那個人，在這樣的地方遇到全屬意外。那時有點胖的那個女人，瘦了許多，身材苗條，有著長長睫毛的大眼睛如擦拭過，清澄，甚至具有與男子不同的不可侵犯之權威。讓人以為一碰觸就會流血的鮮豔嘴唇與長長的幾乎掩蓋耳垂的髮際，跟從前一樣；鼻子看來比以前更高聳。

女的是否已察覺到我呢？無法清楚確認。電燈亮時跟同伴男子悄悄嬉玩的樣子，把我當成普通女子，似乎並未特別留意。其實，在那女子旁邊，對於我一向得意的裝扮不得不感到卑下。與表情自由自在，多麼鮮活的妖女魅力相比，相形見絀，使盡技巧的化妝與穿著都覺得有點醜陋、像怪物。無論是從像女性，或美麗的容貌，我究竟不是她的對手，像月前的星星迅速萎縮了。

汙濁空氣迷濛籠罩場內之中，清楚浮現無半點陰影的鮮明輪廓，從披風不時伸出柔美雙手，像魚兒優游般嬌豔。與男子對談之間不時抬起如夢眼睛，或仰望天花板或緊聚眉根俯視群衆，或露出潔白牙齒微笑，每次充滿不同情趣之表情。從遠遠的樓下角落也可看到無論何種意義皆可鮮明表現的黑色大眼睛，如兩顆寶石在場內。臉上所有器官，單就看、聞、嗅、說的機能而言，余韻過於豐富，與其說是人的臉不如說是誘惑男人心、帶甜味的餌食。

場內視線沒有一個投射到我。我對於搶走我人氣的那個女人美貌，開始感到妒忌與憤怒。曾經自己隨意玩弄丟棄的女性容貌，遽然消失光輝被踐踏的懊悔。說不定女的認出我，故意展開諷刺的復仇不是嗎？

我覺得心中羨慕美貌的妒忌之情，逐漸轉變爲愛慕之情。在以女性之身競爭敗下來的我，想再一次以男性征服她而驕傲。這麼一想，在難於控制的欲望驅使下對嬌娜的女體，眞想一把抓住搖晃看看。

妳知道我是誰嗎？今夜久違再見妳，我又開始愛戀妳。妳不想現在再跟我握一次手嗎？明晚不想到這位子來等我嗎？我不喜歡把住址告訴任何人，希望明天這個時候，來這個位子等我。

黑暗中我從束帶間取出紙和鉛筆，草草寫成這段文字偷塞進女人袖子裡，然後一直窺視對方的反應。

女人到十一時左右電影結束爲止，靜靜地欣賞。觀衆都站起來開始往場外擠出去的混雜之際，女人再一次在我耳邊輕聲說，

「……Arrested at last……」

比以前更有信心大膽凝視我的臉一下子，最後和男的一起消失於人群之中。

「……Arrested at last……」

女人是什麼時候發現自己的呢？想到這裡不禁悚然。

儘管如此，她明天晚上會來嗎？我測不出比起從前經歷更豐富的對方的力量，做出那樣的模仿，會不會反而被抓住弱點？我帶著種種不安與猜疑回到寺裡。

像平常一樣脫下上衣，剩下長襯衫一件時，折成四角的紙片帕地一聲從頭巾裡邊掉下來，寫著：

「Mr. S. K.」

透過連續書寫的墨痕看，發出像絹的光。沒錯！是她寫的。觀賞中似乎上過一兩次廁所；看來是利用那之間寫了回信，悄悄塞進我的後領。

在意外的地方看到意外的你。縱使改變裝扮，三年來即使夢寐也忘不了的身影，怎會看漏？我一開始就知道戴頭巾的女性是你，對依然好奇的你感到有趣呀！你說你想見我，我想或許也是出自這種好奇心吧！總之，太高興了，我無法分辨，依你的吩咐明夜一定等你；不過，我也有我的考量，九時至九時半之間可否請你到雷門？那裡有我派去接你的車夫，一定可以找到你，接你到寒舍。跟你的住所是祕密一樣，我現在的家也不想讓你知道，在車上會要求把你的眼睛遮起來，這事請你原諒；如果你不能應允，那我永遠見不到你，沒有比這個更讓人悲傷的。

閱讀此信之間，我覺得自己不知何時完全成了偵探小說中的人物。不可思議的好奇心與恐怖在腦中盤旋。讓人覺得女人了解自己的性癖好，故意做這樣的安排。

第二天晚上下了豪大雨。我完全改變服裝，在成對的大島綢上穿上有橡膠圈的外套，在劈啪劈啪如瀑布拍打絹布製陽傘的雨中外出。新堀的水溝水溢滿街道，我把足袋揣入懷中，濕淋淋的赤腳在家家戶戶的燈光下，發出晶瑩亮光。傾盆大雨，宛如從天倒下的喧囂中，一切都被打散了，平常熱鬧的廣小路街道上大都門窗緊閉，兩三個撩起後襟的男子如潰敗的士兵逃走。除了電車有時濺起鐵軌上的積水通過外，只有處處電線桿和廣告的燈光朦朧照射著下雨的天空。

好不容易來到雷門的我，外套、手腕到手肘邊盡是水，落寞地在雨中站著，透過弧光燈的光環顧四周，連一個人影也沒有。或許在某陰暗角落，有人窺視著我。這麼一想暫時佇立，沒多久從吾妻橋的暗黑中，有一個紅色提燈開始移動，哐噹哐噹從鋪石上跑過來的舊式共乘車子戛然停在我跟前。

「老爺！請上車！」

戴著深饅頭狀斗笠穿著雨衣的車夫聲音，才消失在打在車軸的雨聲中，男的突然繞到我的後面，迅速用雙層布條把我的雙眼纏上兩次，連太陽穴都感到緊緊的。

「好了，上車吧！」

這麼說著，男子粗糙的手抓住我匆忙把我推進車裡。

雨打在有點潮濕味道的車篷上。無疑的我旁邊坐著一個女的，白粉味道和暖暖體溫充滿車篷中。

上了轎的車子爲了模糊方向，故意在一個地方繞兩、三次才跑開，往右轉，向左拐，似乎是在Labyrinth之中徘徊。有時過電車道，有時過小橋。

長時間在車中搖晃。坐在旁邊的女大概是T女吧！身子默默地一動也不動，大概是爲了監督我的眼睛遮得是否確實而共乘吧！我其實沒有人監督也無意取下遮眼之物。在海上認識宛如夢中的女人、大雨之夜車篷中、夜晚都會的祕密、盲目、沉默——所有東西合一，我被丟進渾然神祕的霧裡。

不久，女的分開我緊閉的嘴唇，把捲菸插進我口中，接著擦火柴爲我點火。

大約一小時，車子終於停下來。粗糙的男人的手又牽著我經過二、三百公尺的狹窄路面，嘰嘎地打開似乎是柵門的東西帶我進入家中。

眼睛被遮著，留下一人在客廳，坐下不久，傳出開紙拉門的聲音。女人默默地如人魚身體倒向我，仰臥我膝上，上半身靠過來，接著兩手繞到我脖子啪地解開純白紡綢的結。

房間大約八帖，無論建築或裝飾都相當好，木材也經過挑選的；有如這個女人的身分不明一樣，分辨不出究竟是酒館、小公館，或是上流正經人的住宅。另一方面屋子外邊有樹叢，其前方有木板牆圍著。光是這些地方，看不出這個家是在東京的哪裡？

「歡迎光臨！」

女的身子靠在客廳中央的四腳紫檀桌子，白皙的兩隻手腕有如兩隻生物慵懶趴在桌上。穿著衣襟上有素條紋衣服，繫著適合腹部的帶子，結「銀杏返」的髮型，跟昨夜大異其趣，我首先感到驚訝。

「您對我今天這樣子是不是覺得可笑呢？這是因爲不想讓人知道身分，除了每天更換打扮之外別無他法。」

拿起倒扣在桌上的杯子，倒入葡萄酒邊說；說這話的女人動作，比想像更端莊又萎靡。

「不過，請您好好記住，從上海分別之後，我跟不少男人一起苦過；但奇怪的是忘不了您。這次一定不要拋棄我，把我當成身分、來歷不明、如夢的女人，請一直交往下去！」

女人說的每一句話，像遙遠國家的歌曲旋律，富含哀韻在我心中響起。像昨夜那樣奢華、好勝、聰明的女人，爲什麼露出這麼憂鬱的特別姿態呢？她似乎又捨棄一切，把靈魂丟在我面前。

「夢中女人」，「祕密的女人」，現實或幻覺分不清的Love adventure的樂趣，我之後每晚到女人那裡，玩到半夜二時左右，又被矇著眼睛送回雷門。即使經過一個月、二個月的見面，彼此仍然不知住所，不知名字。我絲毫沒想蒐尋女人來歷、住宅的念頭；但是隨著時日的經過，奇妙的好奇心讓我想知道載我的車子究竟把兩人載到東京的哪裡呢，自己現在被矇住眼睛經過之處，位於淺草的哪邊呢？三十分鐘或一小時，有時一個半小時在市街晃蕩，下了車的女人家，意外的離雷門很近也說不定。我每晚在車中搖晃，不禁心中臆測是這裡是那裡。有一晚，我終於忍不住，在車上拜託女人：

「一下子就好，把這眼罩取下來！」

「不行！不可以！」

女人慌忙把我的手牢牢壓住，臉還靠過來。

「不要說任性的話！這條路是我的祕密。要是這祕密被揭穿了，我可能被您拋棄。」

「爲什麼會被我拋棄？」

「因爲這樣我就不是『夢中女人』。比起現實的我，您更愛戀的是『夢中女人』。」

我說盡好話拜託，無論我說什麼她就是不聽。

「沒法子，既然這樣就讓您看吧！……只能一下下！」

女人嘆息似的說，無力地取下我的眼罩。

「知道這是哪裡嗎？」

一幅不放心的臉。

美麗晴空的底色，黑得奇妙，滿天星星閃閃發亮，如白色雲霞的銀河從天際流向天際。狹窄的道路兩側商店林立，燈火照射熱鬧的街上。

不可思議的是看來相當熱鬧的街道，我完全看不出那裡是哪條街道？車子一直走在那條街上，不久在一、二百公尺盡頭的正面，看到了大大寫著精美堂的刻印店看板。

我從車上想看看遠處寫在看板旁邊細小文字的街道名稱及號碼，女人馬上察覺到說：

「耶～？」

又把我的眼睛遮住了。

多家商店的熱鬧小路盡頭、看得到刻印店看板的街道——再怎麼回憶應該是我從未走過的街道之一。像是孩童時代經驗過的謎樣世界的感覺，又引誘我。

「你看得到看板上的字嗎？」

「我看不清楚，究竟這裡是哪裡，我完全不知道。我對你的生活知道的只有三年前太平洋上的。我受妳之邀感覺好像一起來到遙遠海上前方的幻想之國。」

我一這麼回答，女人以深沉的悲哀聲音說：

「拜託請一直保持這樣的感覺，當成是住在夢幻之國，夢中的女人。請不要再像今晚一樣說任性話！」

女人眼睛好像流出眼淚。

那之後有一陣子我忘不了那晚女人讓我看到的不可思議的街道光景。燈火燦爛的狹窄小路盡頭看到的刻印店看板，鮮明留在腦中。想辦法找出那街道所在，最後我終於想出一個法子。

長久時間以來，有如每晚共乘被載著到處繞，車子在雷門一個地方繞的次數或向右轉，向左轉的次數都是固定的，我自然記得了。有一天早上，我往雷門的角落再閉上眼睛身體轉了二、三次之後，心想大概是這樣子時，以跟車子的相同速度跑看看。估計好時間在小巷左衝右跑之外別無他法；覺得大概就在這裡，如預料的有橋也有電車道，感覺應該就是這條路沒錯。

路線是最初從雷門繞到公園外郭到千束町，經龍泉寺町的窄小街道往上野方向前進；在車坂下左轉，在徒町的道路走約七、八百公尺又開始往左轉。我在那裡碰到上次的小路。

果然正面看得到刻印店的看板。

我望著它，如探究隱藏祕密的巖窟深處，緩緩前進，走到盡頭附近的道路時，意外的那裡就是每晚到夜店的下谷竹町的街道延伸。曾經來買小紋皺綢的舊衣店就在兩、三間前。不可思議的小路橫向連接三味線堀與仲徒町的街道；但我沒走過那裡的印象。我站在讓我費心思的精美堂的看板前，佇立一會。儘管頂著燦爛星空，籠罩在如夢的神祕氣氛，跟飄盪著紅色燈火的夜晚情趣完全不同，看到在秋日燦爛照射下乾涸貧窮的家家戶戶，霎時感到失望與興趣索然。

在難以壓抑的好奇心驅使下，如小狗嗅聞路上的氣味回自己的住家，我又從那裡找到目標開跑。

道路又進入淺草區，從小島町往右再往右前進，在菅橋附近過電車道，在代地河岸往柳橋方向轉，最後到兩國的廣小路。了解女人爲了不讓我知道方向，繞了多大的圈子。經藥研堀、久松町到濱町，過蠣濱橋處突然不知接下來該怎麼走。

總覺得女人家似乎就在這附近的小巷。我在那附近的狹窄小巷繞了約一小時。正好過「道了權現」[7]的對面、家家戶戶挨得緊密的夾道，發現幾乎不會注意的狹窄小路時，直覺女人家就藏在那後邊。進入裡邊右側第二三間、從洗淨的板牆圍繞的二樓欄杆，女人像死人的臉越過松樹葉子一直俯視這邊。

我不由得抬起頭，以嘲笑的眼神仰視二樓，女人裝糊塗宛如別人，連微笑也沒有看著我；她的容貌跟夜晚不同，即使假裝是別人也不覺得訝異。臉上逐漸出現只有一次接受男人請求，鬆開遮著的眼罩因而祕密被揭發的悔恨與失意的表情，不久悄悄隱入紙拉門後邊。

女人是芳野附近財主的寡婦！跟那刻印店的看板一樣，一切的謎題解開了。我從此拋開那個女人。

兩、三天過後，我趕緊搬離佛寺遷移到田端那邊。我的心漸漸對「祕密」的溫溫的、淡淡的快感不滿足，往色彩更濃豔、充滿血液的歡樂傾斜。

譯注：

1 黑岩淚香（一八六二—一九二〇），日本思想家、翻譯家、作家。

2 德川幕府末期十幾歲到二十歲以內女性結的髮型，浮世繪畫家歌磨化的女性大多這種髮型。

3 從江户時代中期（十八世紀初）到明治、大正，主要是年輕女性使用的禦寒頭巾。「高祖」指目蓮上人，因戴上頭巾，狀似目蓮上人。

4 默阿彌所作歌舞伎「青砥稿花紅彩畫」中人物，名爲菊之助，白浪五男子之一。

5 劇場名稱。

6 劇場名稱。

7 最乘寺，神奈川縣曹洞宗寺院。

惡魔

林水福 譯

過漆黑的箱根山時，佐伯從夜車車窗看到山北的富士紡燈光一閃而過，很快又打瞌睡、入眠。之後再睜開眼睛時，短促的夜晚已完全放晴，清爽的陽光從品川的海那邊洩入室內宛如白晝，乘客都站起來取下置物棚上的行李開始整理。佐伯從藉著酒力終於睡了通宵的痛苦夢世界，剎那被晨曦照射醒來的喜悅之餘，他不由得站起來想對太陽合掌。

「啊！自己終於可以活著來到東京。」

這麼想，鬆了一口氣，撫摸胸口。從名古屋到東京之間，中途他不知下幾次車、泊宿。只有這次旅行才搭乘一小時，突然覺得火車可怕，以宛如威脅自己衰弱的靈魂轟隆轟隆馳行而去的車輪響聲嚇人。發出哐啷哐啷喧囂、有如發狂聲音的機關車過鐵橋或駛進隧道時，頭腦混亂，肝膽破裂，感覺馬上就要倒下去。這個夏天他看到祖母因腦溢血猝死之後，對生平大口喝酒的自身健康突然擔心起來，大病不知何時來襲的恐怖經常盤據心中。火車中一旦想起這件事，體內的血馬上一舉衝向腦門，臉燙如火。

「受不了了！死了吧！死了吧！」

心裡這樣叫喊，也有抓住越過原野越過山巔而去的車室車窗的時候。想讓焦急的心情平靜下來，但擺脫不了的念頭如海嘯在腦中翻轉，毫無理由五體顫慄，心跳加速，感覺馬上就要暈過去。這樣子到了下一個車站，臉色鐵青，從火車上跳下來，從月台迅速逃到車站外，才回神過來。

「性命眞的是撿到的。要是再搭個五分鐘，我無疑死定了。」

心中這麼想，在停車場附近的旅館休息一小時或二小時，有時休息一晚之後等精神完全平靜下來，再提心吊膽搭火車。宿豐橋、宿濱松，昨天傍晚先在靜岡下車，逐漸接近夜晚，不安與恐怖一波接一波向住宿的二樓湧過來，我待不下了，心裡盤算著是否餓著肚子逃向夜班火車呢？拚命喝啤酒竟睡著了。

「總算平安沒事度過來了！」

他走在新橋車站內，恨恨回顧剛剛釋放自己的列車形姿。以飛快速度從靜岡經過幾十里的山河，往闇雲飛馳，沿途驚嚇路人，一路任意吼叫而來的怪物，疲累、慵懶，難以處理的長長身體躺下來，有如說「給我一杯水！」從鼻孔發出連地面都震動的噗噗嘆息聲。機關車像妖精打大哈欠，不懷好意的大眼睛凸出，恍如嘲笑落荒而逃的自己背影。

走出人來人往、陰暗石板的車站內，在正面的玄關乘車時，他把旅行包夾在兩股之間，說：

「喂！把簾子放下來吧！」

受不了從停車場前廣闊的炎熱地面、正面反射燦爛光線的刺激，我遮住雙眼。

剛進入九月的東京，殘暑依然強烈。夏天大都會裡可見充滿自然與人的旺盛活動力——比急行列車更快速，佐伯幾乎無法正面面對。電車行駛在如劍的鐵路上的響聲，一望無際充滿熱氣的天空的照耀、從並排人家後邊湧上來的雲塊、沐浴著強烈陽光如火星四散行走的群眾——無論抬頭向上或向下，強烈的顏色與光線壓迫著微弱的心，車上的他一刻也不敢把手從眼睛放開。

想到自己迄今爲暗黑的夜之魔手所惱的神經，甚至忍受不了白日的威力，他感到沒有活著的價值。今後到大學四年畢業爲止的四年之間，起臥於晝夜強烈的喧囂不絕的小巷，焦躁的腦筋可以習慣有點煩的法律書籍和講義嗎？跟在岡山的六高時不同，寄居本鄉的叔母家不能像以前一樣過自甘墮落的生活。由於長久的放蕩，滲入體內種種不好的疾病即使治好了，也還偷偷看醫生，非悄悄服藥不可。說不定自己就這樣子腦子壞掉變成廢人？或者死掉？總之，不久的將來會有結局。

「吶！你既然活不久，我會好好疼你，乾脆當兩、三年的落第書生留在這兒呀！不必專程跑到東京死在郊外不是嗎？」

想起在岡山認識的藝妓蔦子，分別時滿臉正經想說服我的話，頓時毫無潤澤、乾涸的悲傷充塞胸中，感受到無可排遣的煩惱。那個臉色蒼白，感覺敏銳有如妖婦的蔦子，有時會貼近仔細端詳興奮像狂人的佐伯的臉，說些彷彿看透將來的話語；他感覺看到在殘酷的都會刺激下，肉被啄、骨被啃、滿身瘡痍倒下的自己的屍骸。接著從十指指縫間，以懦弱的眼神窺視市街的情狀。

車子不知何時來到本鄉的赤門前。跟二、三年前來時大不相同，五、六個工人把煮得黏稠稠像黑漆的東西往新拓寬的左側人行道倒下，修補柏油路。炎天中，熱氣從放置大道的大鐵桶中熾熱的焦炭上升，有如陽炎燃燒。戴著新帽、意氣昂揚走過的年輕學生們，容姿煥發，完全不見如佐伯的悲慘神情。

「那些傢伙都是我的競爭對手。看吧！色澤紅潤，在馬路上昂首闊步，多麼充滿希望不是嗎？那些傢伙是笨蛋；可是有著野獸般的健壯體格，我贏不了他們。」

這麼想著之間，走到可以看到粗黑字寫著「林」的叔母家電燈的臺町道路。車子在門內鋪著的砂礫上發生嘰嘎聲，在玄關的格子門前停下，他終於放開雙手，衝進土間。

「說是兩、三天前出發，怎麼現在才到？」

叔母的聲音精神十足。沿著走廊帶他到前一間八帖大的客廳，問他種種故鄉事。年近五十，有點胖，精神經常很好的女人。

「哦！哦！這樣子啊。……不是說爸爸今年大賺不是嗎？你要跟他說，賺了錢，房子要修葺一下！真的沒有像你那裡空蕩蕩的、既舊又髒的家呀！我每次去名古屋都這麼說，他每次都說最近會修葺什麼的，盡是些敷衍的話。上次博覽會時說我要去住兩三個晚上，我這麼說，雖然經常想去玩……一再跟您說修葺事，到現在還沒做，要是稍微強大的地震來了，那樣的家馬上就垮了呀。爸爸頭已禿是老頭子了無所謂；叔母雖然沒了魅力，還很珍惜生命的。」

佐伯聽叔母的高談闊論，嘻嘻笑，露出優柔寡斷的笑容，注視著頻頻揮動扇子、像嬰兒肥的叔母手腕；不一會兒自己也拿起扇子搧了起來。

靜下心來一瞧家中，更覺炎熱。似乎通風良好，完全開闊的屋簷外的庭院，二、三棵高大楓樹與青桐枝葉繁茂遮住太陽，後邊南天與杜鵑長得茂盛，大片八手葉輕搖。由於有葉子深綠色的反射，室內陰暗，叔母圓圓的臉頰約一半泛著藍光。佐伯從戶外明亮處突然被拖入像洞穴的暗處，微微低頭頻眨眼瞼，厭煩地看著久留米的藏青色白點花布和汗水混在一起，被染得像病人的瘦上膊。精神稍微安靜下來，從車上帶來的炎熱宛如全部散發，全身的皮膚都熱起來，臉熱烘烘的連眼睛都模糊，汗開始從頸邊冒出來，黏黏的。

一個人站著自言自語的叔母突然聽到有人經過隔扇前方的腳步聲，歪著頭叫喊：

「是阿照嗎？」

沒回應，想了一下之後，

「如果是阿照請過來一下好嗎？阿謙剛從名古屋來哪！」

這麼說著之間紙拉門打開了，表妹照子進來。

佐伯抬起鬱悶的頭，往發出沙沙衣服摩擦聲的黑暗裡邊瞧。還是剛剛從外邊回來的打扮。東京風的馬桶蓋髮型，格子浴衣上穿著燦爛皺綢的夏天短外褂，讓客廳突然變狹窄的高個子但身材苗條，有點拘束但柔美地屈身，像是常見的都會少女向鄉下出身的男子打招呼時那樣，照子對佐伯點頭，態度放心但微露驕傲。

「怎麼了？赤坂那邊。你處理得了？」

「是！那邊既然這麼說，應該是充分了解，所以不用擔心了。」

「是嘛！應該那樣子的。要是鈴木不要出錯，本來也不會那樣子。」

「是那樣子的，之前的人也眞是的！」

「是這樣子的……哪邊都有問題。」

母子之間這樣的問答。傳聞有點愚蠢的學僕鈴木不知做了什麼錯事。本來可以不用在這場合討論的事，大概是叔母想在侄子面前表現自己女兒是多麼聰明練達吧！

「媽媽也不要太依賴鈴木什麼的，免得以後生氣！」

照子語氣老成，像年長者說話，看得出油滑之處。庭院的燈光正面照射，無光澤的臉，看來有點長。上次遇見時，幼稚的少女樣子跟粗大的骨架似乎不對稱；但現在已經沒有這種感覺了。雖然高大，但有肉，匀稱，長長的手腕或頸子，以及腳的部分形成柔美曲線，就連寬大的和服也覺得美，把女人長長的四肢歡喜地包裹在肌膚上。看得到沉重眼瞼裡清澈的大眼球骨碌骨碌地轉，綿密的睫毛後邊，男人喜歡的瞳孔散發細微而陰險的亮光。在悶熱房間的陰暗處，清晰浮現高聳有肉的鼻子或如蛞蝓的濕潤嘴唇，輪廓分明的臉和頭髮，讓有點生病的佐伯的感官興奮起來。

三十分鐘後，他上去二樓到分配給自己的六帖房間。等到幫忙搬行李和書包的學僕一下樓去，他馬上躺下成大字，蹙眉，茫茫然注視著屋簷外的炎天。

從欄杆外清晰可見的本鄉高台的人家、森林、大地蒸發的熱氣中，接近正午的陽光充塞藍空，形成濛濛煙氣，電車和人聲以及各種噪音合而為一，從遠處的下方嘎壓嘎壓地響。想到無論逃到何處，如醜婦纏身的夏天的恐懼與痛苦，非再忍耐半月不可。他在心中描繪照子像半月型肉芋餅的腳形，感覺自己所在地方像是位於十二樓的高塔頂端的房間。

東京已經來過二、三次，學校尚未開學，也沒興趣出去逛，他每天窩在二樓，抽著劣質香菸。抽完一根敷島[1]，口中就乾得不舒服，馬上欲咳想吐。儘管嘴歪、眼淚簌簌掉下，他還是堅持吸菸。

「哇！好多菸蒂，哥哥是不停地抽嗎？」

照子有時上來，瞧著菸灰缸邊說。傍晚，穿著像洗好澡有藍色水滴的鮮豔浴衣上來。

「頭腦散步時，需要使用香菸的拐杖呢！」

佐伯表情嚴肅，說些意思不明的詞句。

「媽媽擔心著呢！謙哥哥抽那麼多菸，頭腦不變壞就還好。」

「反正頭腦已經不好了。」

「您似乎不喝酒哪！」

「哈……這個嘛，不知道……不可以讓叔母知道，妳看這個！」

他說著，從下了鎖的書櫃抽屜裡拿出威士忌。

「這是我的痲醉劑！」

「要是失眠症，安眠藥比酒有效呀！我也偷喝了不少哪！」

像這樣子，照子動輒聊個一、二小時才下樓去。

暑氣日漸薄弱，可是他的腦子毫不清爽。後腦激烈疼痛，脖子上好像長出一塊燒紅的石塊，每天早上洗臉時，掉了的頭髮黏在濕濕的臉頰，感到厭煩，頭髮一抓，整把頭髮就掉落。腦溢血、心臟痲痺、發狂……種種恐怖落在心窩，激烈的悸動響遍全身，兩手指尖一直顫抖不停。

即使如此，從第七天早上穿戴新的制服和帽子，拉緊已無彈性的心，百般不情願地上學，連續三天就覺得厭煩，引不起興致。

常見的學生爲了搶座位衝進教室，拚命筆記無意義的講義。對教師說的話一字不漏記下來，默默地像機械一樣的那些傢伙的臉，從早到晚悲哀且蒼白，連第二眼都看不下去。即使如此，那些傢伙猶自鳴得意，不知自己等多麼寒傖、多麼悲慘、多麼不幸！老師站在講壇上咳嗽一聲，

「……耶，接上次……」

開始說起來，塞滿場內的頭顱啪地低下頭，拿著筆的幾百隻手一起在筆記本上滑走。講義跳過人心，馬上從手傳到紙。化爲歪斜、粗糙、像奇怪符號的文字傳到紙。只有手活著，做動作。那廣闊的教室，如被水潑了一般，靜寂無聲，所有的腦都死了，只有手還活著。手以驚人的傻勁盲目疾寫，聽到筆咔達咔達地衝進墨水壺，或捲起洋紙的聲音。

「喂！喂！趕快發瘋吧，誰早一點發瘋就贏了。可憐的各位，大家只要發瘋就可以不用那麼辛苦了！」

在那兒也聽得到背後說壞話的聲音。別人不知道，佐伯耳中一定有背後說壞話的，因此膽小的他害怕得受不了。

由於叔母就在眼前，不得已半天待在圖書館，或在池邊晃蕩。回到家，依然在二

樓躺成大字，想也不用想，心中自然浮現岡山藝妓、照子、性慾，種種愚蠢繁雜的問題。有時在隨意躺下的枕邊豎起鏡子，仔細瞧瞧肌理粗糙、骨骼突出的相貌，推測自己的命運。覺得可怕時趕快喝抽屜的威士忌。

惡性的病毒跟酒精似乎一起逐漸侵害身體和腦部。心想要是到東京可以請高明的醫生診療；可是現在連注射、喝成藥的興趣都沒有。他甚至連讓身體恢復健康的精力都沒有。

「阿謙！要不要一起去看歌舞伎？」

叔母常在星期天邀佐伯。

「謝謝！難得的機會，可是我一到人多的地方不知怎的就會覺得害怕……其實，頭也有一點痛。」

說著，他抱著頭，很難過似的。

「太沒出息了。我想你會一塊兒去，所以特別等到星期天呀！走吧！去看看。走吧！去看看呀。」

「不是說不去嗎？再勸也是無用的呀。媽媽只考慮自己，完全不了解人家的心情。」

照子從旁責備似的說。

「他有一點變了啦！」

叔母目送逃向二樓的佐伯背影，

「又不是貓或老鼠，說人很恐怖不可笑嗎？」

對照子發牢騷。

「人家的心情，不能以理責備呀！」

「聽說在岡山的生活相當放蕩；快要沒志氣了呀！本來是書生的玩樂，當然了解，可是還沒習慣這社會不是嗎？」

「阿謙哥哥，還有我，當學生都是小孩呀！」

照子這麼說，做出諷刺人的壞眼神。結果，母子由女傭的阿雪作伴外出，拜託學僕鈴木看家。

鈴木每天早上跟佐伯相同時刻拎著便當到神田旁的私立大學上課。在家時關在玄關旁的四帖半房間，不知讀什麼？似乎很認眞讀書。眉頭緊蹙，陰暗的表情經常頭低低的，早晚燒熱水，或打掃庭院，吃力地緩慢工作。腦筋不好，不知想些什麼，不得要領；要是被叔母或阿雪罵一句，表情灰暗的臉馬上脹紅，深度疑慮的白眼沽嚕轉動，毫無疑問是生氣了。一直憤憤不平，喃喃自語。

「看鈴木那樣子，感覺好像家裡有魔鬼呀！」

叔母這麼說也不是沒道理。雖然愚笨，卻有陰險曖昧不明之處。雖然現在這樣，聽說幼時也是才華出衆的秀才，叔父生前看好他，安置家中，無意間暗示將來如果有出息也考慮納爲照子夫婿。之後，鈴木極爲執著，拚命讀書之間變傻了。現在只要是照子說的話，什麼都聽不會生氣。佐伯心想那傢伙一定愛上照子，陷入Onanism結果變傻了。只有鈴木嗎？自己接近照子之後，很傷神經，感覺變傻了。實際跟她對談之後五體疲累。她似乎有讓男人傷神之處……佐伯這麼想。

嘰嘰嘎嘎、嘰嘰嘎嘎，樓梯傳出鈍重腳步聲，有一晚鈴木上來二樓。已是秋意深濃的秋末夜晚，某處蟋蟀啼叫。包括叔母，所有女性都外出，靜悄悄的樓下只有時鐘的秒針，傳出滴答滴答的聲音。

「你在讀書嗎？」

鈴木說著往那裡坐下來，目不轉睛環視房間。

「不是！」

佐伯說著，重新坐好，懷疑似地看鈴木的臉色。跟自己連招呼都很少打、木訥的男子，究竟有何事而少見的登上二樓呢？……

「夜變得很長了呀！」

曖昧、聽不清楚的聲音嘟噥；不久鈴木低下頭。塗上油亮髮油的頭髮，燈光下發出油光。結實、黝黑、像生薑根的指尖，默默在膝蓋上打拍子。有要事商量，趁家人不在時上來；似乎不容易說出口。有一種沉重的壓力，佐伯感到急躁。究竟想說什麼，呑呑吐吐，要考慮到什麼時候？

心裡嘀咕著：有話直接說出來不就得了嗎？

然而，鈴木老是說不出來。眼睛瞪著榻榻米的接縫，上半身搖晃，意思是「你在那裡看書，我隨意坐在這裡。」……夜，極爲安靜。聽到叩叩的木屐聲，遠處本鄉街的電車聲，如鐘聲餘韻殷殷響著。

「實在是非常突然，有一點事想請教你……」

終於開始說了。依然注視著榻榻米，身體搖晃。

「……不是爲別的事，其實是有關照子。」

「是什麼事？說看看！」

佐伯故作輕鬆，聲調有點高；唾液留在喉嚨，聲音沙啞。

「有一件事想請教，你進到這個家究竟是憑什麼關係呢？」

「什麼關係？我們是親戚關係，學校又近，覺得方便。」

「只有這樣子嗎？你和照子之間沒有什麼關係嗎？雙方父母之間有沒有什麼婚約之類的？」

「沒有這樣的約定。」

「眞的嗎？請說出事實！」

鈴木懷疑的眼神，齒列不整的嘴角發出無意義的呵呵笑。

「不！完全沒有。」

「即使如此，未來如果你說想結婚，也有可能……」

「我說想結婚，叔母或許會答應；但當事人不知道。再說嘛，我短時間之內不會結婚呀。」

這麼談話之間，佐伯漸漸生氣，總覺得他是否愚蠢附身。感到胸部鬱悶，眞想大聲怒喝，但還是忍住了。而且對對方發揮無遺的愚鈍頭腦多少感到痛快。

「結婚是另一回事，總之你喜歡照子吧？不會討厭吧，我也看得出來。」

「我並不討厭。」

「不！是喜歡吧！或者是愛戀著不是嗎？這是我想問的。」

鈴木說著，一臉不高興，心情很不好似的，眼睛一眨一眨，一副心裡想說的事不說出來誓不甘休的樣子，瞪著佐伯監視他的一舉一動。

「愛戀，絕對沒這回事。」

佐伯怯怯地開始辯解，不知怎的中途突然生氣。

「這樣的事你想追根究柢嗎？愛不愛，是我的自由不是嗎？你要適可而止，適可而止呀！」

自己也知道說話間心臟怦怦跳，一時血液往頭上衝。

咬牙切齒的怒罵突然從正面攻擊過來，鈴木脹紅著臉的險惡面相逐漸轉變，最後變成痛苦、有點難為情的笑容。

「讓你生氣就不好意思了！我只是想對你忠告，照子不是一般的女子喲！平常柔順如貓，其實，心裡根本瞧不起男人。這是極祕密的事……」

鈴木壓低聲音，膝蓋靠過來，尋求同意似地口吻說，

「你大概也知道吧！她已經不是處女了呀！似乎跟很多男學生發生關係。因為第一，以前也跟我發生過關係。……」

鈴木說著，等對方的反應；但佐伯什麼也沒說，所以又接著說下去。

「不過她眞的很美。爲了她我即使捨棄性命都願意。照子父親生前的確說要她嫁給我。眞的這麼說過；最近，讓我覺得她母親的想法或許改變了，所以我剛才才會那樣問你。——都是母親不好。父親決定的事如今卻反悔，是不是有點不講理呀！對方如果那麼做我也有我的打算。照子的想法，我比她母親更能了解。她非常冷酷，即使玩弄男人，也不會喜歡對方。因此，只要纏得緊，她就會受不了，肯定跟誰都可以結婚呀！」

他斷斷續續、呑呑吐吐反覆說這些話，似乎沒有完了的時候；突然聽到外頭的格子窗咔達咔達響，傳出三個人的腳步聲，

「今天我說的話請保密！」

鈴木拋下這句話，急忙下樓。

大概是十一時左右吧，之後過了約一小時，大家入睡夜深人靜時候，

「阿謙！還沒睡吧？」

叔母睡衣上披著短外褂上來了。

「剛才鈴木上來二樓，對吧？」

說著，往佐伯靠著的桌邊托腮，一隻手從懷中拿出香菸。有點擔心的樣子。

「是的！來過了。」

「是吧！照子說她回來時，看到鈴木從二樓咚咚下來的樣子很奇怪，要我來問看看。他很少跟你開口說話，不覺得可笑嗎？究竟說了什麼？」

「盡是些愚不可及的事，一個人說個不停。他眞的是大混蛋！」

佐伯少見好心情的聲音，滔滔不絕地說。

「又在說我的壞話了？東走西走接觸到一些有的沒的實在是傷腦筋呀！因爲那個男子愚蠢又喜歡耍小手段呀！——說將來你會跟照子怎樣怎樣，對不對？」

「是呀！」

「既然這樣不用問也知道。要是有年輕男子跟照子認識了，他馬上去質問對方呀！那是他的壞習慣，你不要在意。」

「我不會在意，可是他這樣子叔母會感到困擾吧！」

「困擾什麼的……」

叔母蹙眉的當下，向菸灰缸敲了一下菸管，繼續說下去。

「為了那傢伙我有時作惡夢呀！叔父逝世之後，一度請他離開；那時啊，每天懷裡藏著利刃在家四周徘徊吵鬧。好像我做了什麼苛刻的事，社會觀感不佳不是嗎？不讓他進來不知會惹出什麼事？沒辦法，又接納了他。照子說鈴木膽子小常耍小把戲嚇人，我可不這麼認為。那傢伙一定會殺人。……」

突然，佐伯想像：叔母包在法蘭絨的圓滾滾身體，頸後的頭髮或什麼的被抓住，整個人被拉往後倒，滿身是血，發出哀號。她懷裡看得到像象耳朵下垂的乳房邊，要是刀刃插下去會怎樣呢？好醜的大腿肉震顫，像蘿蔔的手腳用力在地上氣喘吁吁爬行的最後，似有隱情的表情中央的眉間分裂，如牛肉鍋煮到無湯汁，呼吸快停止了！

樓下的時鐘噹地敲了十一點半。四周寂靜，寒氣更為逼人。叔母聊得起勁，頻頻用菸管撥弄菸灰缸中的灰。菸灰山碎成各種形狀，有時雖見如螢的炭火，但不容易點燃香菸。

「……所以我擔心得不得了。照子也總有一天要嫁人，可是想到誰知那蠢蛋會做出什麼事來……」

不知何時火似乎點著了，白色煙圈和話語一起從叔母的鼻孔吐出，在兩人之間飄盪，同時也蔓延開來。

「何況照子一談到婚事就露出不悅的表情，因此，我也一籌莫展。阿謙你也幫我說看看。我自己也漫不經心，尤其是她的事更是如此。現在已經二十四歲，到底想怎麼樣？」

叔母跟平常精神百倍不一樣，無精打采，一直抱怨，到了時鐘響起十二響時，話才打住。

「由於這緣故，鈴木無論說什麼，請你不要當一回事。要是和那傢伙有什麼瓜葛，最後連你都會被怨恨。——時間已經很晚，阿謙你也休息吧！」

說完，下樓去了。

第二天，佐伯在浴室洗臉時，光著腳在庭院打掃的鈴木，從浴槽旁邊的木門悄悄進來。

「早安！」

佐伯有點緊張，想討好他似地打招呼；對方似乎非常生氣，沒有馬上回應，脹紅著臉。

「你，昨天晚上的事都已經告狀了吧！——少裝迷糊。我那之後未曾闔過眼，一直留意著。太太上二樓，一直聊到十二時過後。我跟你已經是仇人，今後不會和你說話。你跟我說什麼都沒有用，請你要有那樣的心理準備。」

說著，以爲要走出浴室，哪知已經若無其事打掃庭院。

「我最後被魔鬼附身了！」

佐伯心中這麼嘀咕。他對人越親切、仇恨越大，想伺機而動。我說不定會被他殺掉。如何對他有利，盡可能不接近照子，越是說實話越恨我，最後說不定會殺我。一直注意不要被殺不要被殺，躲避之中，結果自己和照子陷入愛戀，還是難逃被殺不可的命運嗎？……

鈴木還在掃庭院。強有力的手握著掃帚，撩起後襟打掃庭院。要是被那樣的身體壓住，我根本無法動彈——種種無來由的恐怖在佐伯腦中盤旋。

十月過了一半，學校的課上了不少；可是他的筆記本沒有變厚。「不用每天出席」啦，「今天心情有點不好」啦，漸漸地臉皮變厚，缺課三日。早上睡得晚，一有時間鑽進被窩，像野獸般飢渴的眼睛睜得大大的注視著天花板，茫然思考著。腦中血液往枕頭響起，眼前無數的泡沫閃爍，耳鳴，身上的關節散開似地慵懶，怠惰的日子持續。

和衣隨意躺下之間作了無數官能的、奇怪的、荒唐的夢，而且醒過來之後感覺猶存。天氣好的日子，清澄的藍空從南邊的窗戶窺視他混濁的頭。連繼續放蕩的力氣都沒有了。這麼衰弱的身體要是連續兩天刺激強烈、糜爛的歡樂，一定會死掉吧！

照子每天多次上來二樓。那個大個子女人的扁平腳，咚咚走在睡著的枕邊，佐伯感覺宛如自己的身體被踐踏。

「我每次上來樓梯，鈴木的眼神都很奇怪，所以我更想諷刺他。」

照子說著往佐伯眼前坐下，

「這兩、三天感冒了耶！」

從懷裡拿出手帕擤鼻涕。

「這樣的女孩一感冒，反而更 attractive。」

佐伯心想，越過額頭仰望照子的鼻子和眼睛。有點長，多肉的臉有如暴飲暴食之後殘留餘物髒髒的，嘴唇上紅爛得濕濕的。溫暖的生氣與強有力的呼吸，從頭上往下降，佐伯感到不舒服，

「嗯！嗯！」

隨意敷衍，模糊望著每次呼吸把胸部束得高高的鹽瀨圓帶子的震顫。

「哥哥——您被鈴木逮到之後，我一來您臉色就不好。」

照子說著坐下來，重新坐好。

或許是沒用熱水洗過，伸出放在膝上的兩手手指有點黑黑的。佐伯心想那大面積的手掌會不會撫摩自己的臉呢？

「我總覺得自己會被那傢伙殺掉。」

「怎麼了？爲什麼會有被殺的感覺？沒有道理連您都恨呀！」

「那是沒道理的。」

佐伯急忙抹去似的說；有難爲情之處，因此，不看照子的臉繼續說。

「可是那傢伙不必什麼道理，想恨時就恨，沒辦法。——只是覺得沒來由會被殺。」

「沒事的！他不是乾淨俐落幹得出那種事的人。——不過，他要是想殺的話，第一個是母親呀！似乎沒有殺我的意思。」

「那傢伙不知道呀，不是說愛之深責之切嗎！」

「不！不會殺我的。有一次趕出家門時，只恐嚇媽媽呀，我日夜若無其事外出，他都不會靠近我。……」

照子悄悄地把身子挪過來，像要往前撲過來似地。

「所以呀，不會有哥哥被殺什麼的事呀！縱使兩人之間發生了什麼事……」

佐伯突然出現對什麼東西都感到恐怖的眼神，

「照將！我頭痛，我們下次再聊好嗎？」

語氣焦躁，冷冷地說。

沒多久，換女傭的阿雪上來，偷偷在房間搜尋什麼。

「小姐說忘了手巾，您看到了嗎？她說去找找擤鼻涕的衛生紙拿過來……」

「忘了的話，可能在那兒吧！我沒看到呀！」

佐伯冷淡回答之後，轉過身睡了。之後，阿雪搜尋一陣子下去後，他突然起身。留意樓梯那邊，膽怯地聳聳肩，從棉被裡拉出手巾，用拇指和食指夾著拿到眼前。

折成四半的手巾，顏色像黑色木板濕濕地黏在一起，一打開散發出感冒特有的臭味。他把因鼻水濕透、黏而冷的手巾夾在兩手之間摩擦，用力貼在臉頰上，最後蹙眉像狗一樣開始舔起來。

……這是鼻涕的味道。宛如舔著某種悶悶的腥味，淡淡的鹹味留在舌尖。可是，我找到了不可思議的辛辣、無聊透頂的趣事。在人間歡樂世界的後面潛藏著這祕密奇妙的樂園……他把口中唾液咕嘟吞下去。一種被搔動的快感，如香菸的痲醉浸潤腦海，有如被瘋子往谷底推下去的恐怖追趕，拚命舔食。

二、三分鐘後，他把手巾悄悄塞進棉被裡，抱著連眼睛都暈眩的狂亂的頭，陷入憂鬱且黯淡的沉思之中。我像這樣子漸漸被照子蹂躪。她像蜥蜴細長、柔美的身體，和鈴木一起如黑雲般往我的命運掩蓋過來。

翌晨，佐伯離開床舖，快速把手巾藏在洋服的內袋，偷偷摸摸在鈴木面前逃也似地到學校去。然後緊緊關上廁所門，在裡面悄悄攤開手巾，或躲入池邊雜草叢中，如野獸舔大蒜舔個不停。最後產生無以名狀的、淡淡的、不愉快的心情，臉色蒼白飄然回家。在這之間鼻涕乾了痕跡不見，手巾黃黃、硬硬的。

眞想說「適可而止，我投降了！」，照子依然上來二樓，刺激佐伯的神經。當那像銀線的眼睛浮現諂媚的、諷刺的微笑逼過來時，佐伯以爲手巾事已被看破，雖然閃避，但還是受到相當的玩弄、干擾之後離去。靈魂在那柔軟的大個子、四肢發達的肉體下被壓垮了，即使掙扎、焦急，在無可逃避的難受下，他的眼神乞憐。

「照子這淫婦！」

想以呻吟似的聲音怒吼。

「再怎麼誘惑，我豈會投降？我有鈴木那傢伙都不知道的祕密樂園呀！」

佐伯說了不服輸的話，心情變好了。

續惡魔

佐伯感覺頭腦的情況日益惡化。對癲癇、猝死、發狂的恐怖始終盤據心中，不只是這樣，儘管不情願還是繼續撒下擔心的種子，對愚不可及的事膽顫心驚繼續活下去。叔母某一晚聊安政地震的話題，似有根據地預言，最近會發生大地震，佐伯無意中聽到神經開始嚴重患病，只要稍微震動就會心悸，撲通撲通跳，體內血液一舉衝向腦門。等到震動一停止，他一刻也不停留毫不猶豫滾也似地衝下樓梯，跳入浴槽，擰開水龍頭用水唏哩嘩啦沖過熱的頭，好不容易讓幾乎要暈倒的心情使平靜下來。隨著恐怖感增加，常有別人沒反應，自己就覺得地面動搖的時候。假地震！才這麼覺得就迫不及待搖搖晃晃地站起來，拚命地踢紙拉門，撞柱子，驚嚇的結果是——

「阿謙！你在二樓幹什麼呀？」

叔母在樓下怒罵。佐伯膝蓋顫抖走到樓下，如往常沖冷水澡。

「我頭痛呀！」

若無其事回答。那一瞬間的恐怖跟眞正地震來時沒有兩樣，臉部充血紅通通，心臟咚咚跳。

「頭痛，疼痛也不要那樣子亂吵亂鬧好嗎？你最近是不是有什麼擔心的事呢？」

「沒有！」

他似乎想避開叔母的追究，悄悄上了二樓。

本鄉雖說地盤堅固，但叔母的家蓋在斜坡，因此，一旦有事難於處理。住在這裡二樓的日子，無論怎麼想都覺得大地震時難於逃脫。雖是堅固的建築，不過體積龐大的照子上來時，也會劈啪劈啪響，所以要是遇到大地震，大概撐不了。

「唉呀！」要是叔母被倉庫的屋緣壓住發出哀號之間，不孝子的照子趕緊逃出。動作緩慢的鈴木可能被壓在屋梁下，但他似乎不是這樣就死得了的男子。總覺得自己一人會跟叔母同生死。……想到這裡，就覺得極爲危險的二樓房間有如牢獄。

究竟所謂大地震大約幾年會發生呢？除了聽這方面的專家解說之外，爲了進一步確認，他跑到有一段時間很少進去的大學圖書館，四處找卡片或目錄的抽屜，結果借了這方面的書籍如山，耽讀一整天還是不得要領。依大森博士之說，大地震無法預知什麼時候、哪裡會發生。古來東京發生數次大地震，但並未明言將來一定會發生。也沒說一定不會，甚爲曖昧。胡亂有今年可能會發生大地震的危險念頭，雖說愚昧；可是擔心不知道什麼時候會發生不是理所當然嗎？

佐伯總覺得大森博士儘管知道大地震發生的時期，卻故意隱瞞。博士即使大致上知道，但因爲無法明白預測哪天幾時幾分，所以無法做有根據的科學性說明，擔心突然擾亂人心所以不發表不是嗎？總覺得講義中有這樣的暗示。如果眞的是這樣，事情就大了！即使擾亂天下人心也無所謂，即使沒有學理上的根據也沒關係，希望能告訴我們大致的情形……越是這樣推測，佐伯越覺得恐怖，現在更覺得無知識之人的悲哀！甚至想到單身的博士私邸訪問。

「每天盡是爲這些無聊事所苦，我在這世上能活到什麼時候呢？」——他覺得無法平安度過今年年底。每天早晚五、六次心臟噗噗跳，渾身神經繃得緊緊的，演出只要稍一不愼可能會瘋狂的危險雜技，胡亂的鬱悶，精力漸漸用盡的自己可憐姿態，佐伯也有自顧而焦躁的時候。讓人詛咒的命運已經逼近，無時無刻等待他。他總算活到天長節[2]過後，十一月晚秋的天空清澄爽朗，從二樓的窗戶可以眺望上野樹梢變黃時分。學校依然老是曠課，頭經常摩擦房間牆壁下半截的糊紙，像被加了枷鎖的罪人翻躺受到拘束，喝威士忌或抽菸，讓焦躁的神經好不容易麻痺，抱著像石塊的頭。有時拿出文藝俱樂部或講釋本[3]的舊東西，很認真地耽讀著；偶爾要是照子上到二樓，就慌忙藏到棉被裡。

「哥哥！剛剛在看什麼？……再怎麼藏，我都知道呀。」

接著——

「哼！」

鼻尖輕輕微笑。照子這種笑法只有對母親和鈴木時出現；可是，這陣子偶爾對佐伯也會出現。

「要是被看到很丟臉嗎？」

兩手伸向窗戶的上框，前額髮蓬鬆的頭低下來，宛如朝向腳底的小狗俯視佐伯。有點髒髒的臉今天清澄透明，有點討好的動作讓人聯想到蠟製醃蘿蔔乾那樣的東西。大概是身體的情況不太好，勻稱的鼻子和臉頰像果汁軟糖白白的，沒了吸引力，只有嘴唇赤紅濕潤、妖豔。從碎白點的棉衣衣襬，大腳丫大剌剌地擱在榻榻米上，佐伯看到沾了點汙垢、往塞得滿滿的腳踝凹陷的布襪子，有一個別扣快壞了，他的眼神像看到餌食的野獸。

「畜生！又來擾亂我的頭。人家正看書看得起勁，眞是囉嗦！」

心裡這麼叫喊。把正看的《高橋傳》的講釋本墊在屁股下，故作鎮定。

「這本書要是讓你看了，可能你比我更覺得不好意思。」

故意這麼說。

「究竟是什麼書？」

「Obscene Picture.」[4]

不懷好意地吃吃笑。

「沒關係！不管什麼就拿出來看看呀！沒什麼覺得不好意思地或少見多怪的……」

突然，佐伯察覺到照子的臉變成可怕的Obscene的表情。想起有一次鈴木說：

「其實，以前她和我有過關係。」

說過這樣的話，從女的面容更覺得那並非空穴來風。照子聰明伶俐，佐伯聽到即使只有一次被學僕的鈴木當玩具，也覺得非常痛快。

「的確現在的女學生眞的了不起呀！像你這樣的女人要是當了藝妓，生意一定興隆呀！」

故意抛出這麼一句，深深吸一口香菸，他躺著低頭看自己胸前。其實是罵她，但照子聽到這樣的話更是驕傲，得意地聳動鼻子。連自己都搞不清楚到底是想嘲笑她，或者是奉承她？像這樣躺著，女的視線射向自己的額頭，也感到刺痛。不知何時《高橋傳》從自己的臀部滑向背部，又溜向肩膀，佐伯像被綁著的人動彈不得，咬緊牙根用眼角瞪著女的。

「哥哥雖老實，卻說謊。有點像鈴木哪！」

照子嘴角浮現微笑，眼球骨碌轉，凝視男人的頭。這在佐伯看來有如從下看鎌倉大佛時那樣，有傻氣、大而有威力的臉，他好像什麼都被看透徹了，心臟怦怦跳，

「嘿～我不知道我說謊耶！」

努力虛張聲勢，故作鎮定。

「說什麼 Obscene Picture 騙人可不行啊！我知道的。」

「既然知道，那很好呀！」

他不自覺地聲音顫抖，露出膽怯的眼神，

「說都知道有人趁人不在房間裡翻箱倒櫃。所謂女人的聰明，說的是這樣！」

一想到有責備意味，整個身體顫抖，連耳根都紅了，不知爲什麼眼眶泛淚。

「趁人不在這件事彼此彼此，哥哥不也是偷偷看奇怪的書？」

照子看到佐伯哭喪的臉，突然精神來了，以安慰的溫柔語調說習性不好的事：

「其實，我之前查了哥哥的書櫃，參考書連一本都沒有，講釋本倒有五六本。我不了解您爲什麼覺得那樣的書有趣呢？我覺得內容跟現代人也不符呀！或許是我多管閒事，哥哥這陣子有點怪怪的不是嗎？旁觀也讓人擔心呀！」

照子異常沉著，裝出擔心似的表情滔滔不絕說的話，佐伯聽到一半就受不了，手指伸入耳中，不想再聽下去。照子說完，好像打完雷似的，鬆了一口氣，

「講釋本有趣就當不了現代人嗎？究竟什麼是近代人，女人是不會了解的。」

「既然這樣爲什麼要那麼辛苦撒謊，隱藏呢？」

「你眞是了不起呀！」

本來想用什麼辛辣的話一舉壓制她，卻除了這平凡話，找不著其他的話，因此，他的音調逐漸轉變成哀求——

「說你了不起，適可而止如何呢？像你這樣的女性沒有任意、隨興地闖進我們當中干擾或擔心的權利。究竟是誰允許，你從什麼時候開始有這樣的權利？」

佐伯手按頭筋，像呻吟地說，

「鈴木和我跟你往來，頭腦都變傻了。由於你的關係，我的神經衰弱到東京之後變得更嚴重。不管是不是近代，我已經沒有耐心看比講釋本情節複雜的書了！」

「我對您的妨礙有那麼大嗎……」

「總之，你可不可以不要常上來二樓？」

說完，他咬緊牙關，閉上眼睛，安靜如死寂。因此，心臟的悸動激烈，沉重的呼吸聲連對方都聽得清楚。照子默默坐了一陣子，終於——

「如果是我不好，請原諒！不過，我很能了解哥哥的心情喲！」

丟下這句話，悠然走下樓。

佐伯已沒有勇氣從屁股下拿出《高橋傳》閱讀了。想到自己卑下、骯髒、腐蝕的腦筋，殘酷地被清楚暴露、無情輕蔑，感到慚愧無地自容。

爲了排除慚愧，從棉被伸手到抽屜找出小瓶威士忌，下顎靠在枕頭上，用鋁製杯子開始啜飲。可能是俯臥睡姿不良，處處關節疼痛……暫時用手肘支撐上半身，很快手腕就疲累。那就放下雙肩，讓胸部貼著棉被，喉結緊靠枕頭，結果不僅無法喝酒，連呼吸都困難。背脊稍微挺直，下腹備受壓迫，腰部椎間盤感到不舒服。看看怎樣的姿勢身體會比較舒服，力量平衡上，無論重點放在哪裡，馬上會有痛點產生。

喝乾，一滴也不剩，拋出空罐的同時，打了個大嗝，他翻個身仰躺。近來少有的醉，痛快！「痛快」當然是程度問題，盡可能不要往這些——棉被弄髒、手腳冒汗濕黏黏、睡衣髒了有油垢、連續二三天被照子的dream困擾——討厭的地方聯想，祝福如字面所示的酒醉心情。

大約三十分鐘之間，他作了種種奇怪的夢，而醒過來又作夢，作夢又醒過來，最後終於甜美入睡。但是，靜靜的睡臉上不時抹上不安的陰影，眼瞼抽搐，睫毛顫慄。他模糊記得傍晚，電燈亮了不久，阿雪上來通知用晚餐而叫醒他。

「嗯！知道了——我今天人不舒服，不想吃飯。是稀飯呀？稀飯也不吃。」

蒙著頭，在棉被中進行這樣的問答之後，又繼續睡了。

然而，之後就睡不著；可是總覺得還有睡意，翻來覆去躺了二、三個小時，最後醒過來了。從頭上的玻璃窗，看到幾顆星星閃耀。壁櫥後邊或許是老鼠發出窸窸窣窣的聲音。他從屁股下拿出《高橋傳》，很快就看完，接著從書櫃底下抽出《佐竹騷動妲妃之阿百》。

這跟《高橋傳》一樣是講釋本。封面刻的石版畫上，妲妃阿百的頭髮亂蓬蓬，口咬短刀，露出白色小腿，紅色襯裙，從船舷作勢要跳下海。就藝術而言毫不值錢；但此刻的佐伯對這樣的畫最感興趣。在過於鮮豔的藍色波浪包圍下，快要接觸水面的女的後腿曲線、像妖婦的眼神、手腕後頸等畫得並非很不自然。看到這些想像這本書的內容——會有種種殘酷的故事，自然吸引人興趣。

打開書本，越讀越有趣。

此後小小的阿百逐漸露出毒婦本性，把桑名屋德兵衛殘忍殺害於十萬坪的部分下回分解……

這樣的情節吸引，觸動了他的好奇心；愚鈍的眼神繼續閱讀。

十萬坪的德兵衛被殺情形的描述，是名文。

……由於是那時身負盛名的十萬坪，眞是太寂寞了，附近連一個人也沒有。不巧連雨都滴滴答答地下了。阿百找到德兵衛的空隙，機不可失，拔出藏於腰帶間的短刀，說時遲那時快，往男的腹側用力一刺。德兵衛「啊！」地一聲想逃走，然而背負重物，動彈不得。「哦！哦！那你就殺了我吧！」「德兵衛要是你活著，會妨礙我的升遷，所以我要殺你。這也都是因爲你愚蠢。不要囉哩囉嗦趕快往生去吧！」抓住頭後髮扯倒，亂砍一通……切聲喉，刺咽喉，把屍體往河邊扔。

佐伯突然手放到自己的咽喉，輕輕壓看看。有如舊椅子的彈簧，從皮下突起的軟骨，薄薄、冷冷的，如果用發光的刀刃挖掘的話會怎麼樣呢？他中學時的老師告訴他這突起物的英語叫Adam's apple。依老師之說，從前亞當吃蘋果卡在喉嚨之後，人就有了這突起物，因爲有這傳說，所以大家這麼稱呼它。他回憶著自己的奇妙記憶，仍然繼續翻閱。

接著一口氣看完二、三頁，正看到阿百最後成了佐竹侯的姨太太，與惡「家老」那川采女私通的結果，引起全家騷動這部分時，突然二樓伊呀動搖。是地震！暫時忘記的恐怖衝上腦門，他從棉被上跳起來。

一看，照子不知何時站在樓梯的盡頭處，穿著藏青色睡衣，纏著窄腰帶，妖冶敞開胸襟，赤腳朝燈罩陰影處，像花魁一樣慵懶佇立著。

「上下樓梯腳步輕一點好不好呀？像地震一樣！眞是的。」

混合著被騙的恨意和驚嚇，他粗暴回應；總覺得接下來會有某種不單純的事件發生。

「人家可是偷偷上來的呀！哥哥反而不高興哪！」

照子突然挪到枕邊。

「哦～我看到了！——這本書是什麼？」

把睡衣的一邊袖子墊在膝下像要坐下來似地，往佐伯壓過來，搶走了講釋本。被重如大塊石頭壓著，他腦中對女人有些許的不服輸，憎恨，難堪，一度被這些東西踐踏得不堪，想掙脫誘惑之網的整個心的恐怖，卻變成沒志氣的訴苦之聲，在女人腳下顫慄。

「照將！妳爲什麼這樣子？拜託去那邊好嗎？」

佐伯雙手遮臉朝下說。

「妳是惡魔！……人家正看書，看得有趣地當下，不要來打擾不可以嗎？比這更強烈的刺激我已經受不了了，所以到死爲止，放過我吧！」

「不要那麼激動呀！今晚媽媽和鈴木都不在，我想可以慢慢聊所以上來了——說什麼不要上來二樓，或不要靠近啦，這可不行！」

照子雙手握拳置於乳房之上，腹部挺出，下巴埋入其中，一幅賴皮的樣子，

「哥哥！把心裡的話老實說出來不是很好嗎？想隱瞞也隱瞞不了的，很奇怪呀——哪！哥哥那麼在意鈴木嗎？」

說著，一隻手從袖子裡伸出，按摩背部，感受到，臉頰廝磨的呼吸氣息。

「鈴木什麼的不用管。——無論說謊或什麼的，我只想暫時逃避安穩過日子，否

則命都沒了！會讓衰弱的身體和神經疲累的事，拜託就不要了！」

佐伯閉上眼睛說這些話之間，鼻尖已嗅到女人衣服發出的味道。枕邊的榻榻米感覺要隆起，無疑的，照子來到他的正對面，想找個地方坐下來。

「我知道，我知道呀——哥哥無論再怎麼瞧不起我，我要是撲上來，你是反抗不了的對吧！」

女人像唸咒文緩慢地說，一隻手抓住佐伯的手腕，一隻手開始扳開遮住臉的十隻手指頭。輕鬆包住瘦小手腕的手掌，柔軟而冰冷，指尖像金屬製指環，冷到覺得疼痛。手指被扳開的手，可能是一直放在懷裡的關係，感覺油脂湧上來暖暖、黏黏的。男人手指雖然相當有力，並沒有抵抗的跡象，像鉛線被折彎，一根一根被扳開了。

「惡魔！惡魔！」

他發瘋似地連喊幾聲；終於眼睛一張開，看到女人的臉比想像更靠近，已經逼到自己眼前了。他沒有這麼近地清楚看過人的臉。平常已夠寬大的臉，擴大到進不了瞳孔的程度，有點白，像牆壁一樣塞滿了。那牆壁的表面蒼白，肌理粗糙，不是普通的不舒服；卻不可思議藏著奇妙的誘惑力。尤其是像怪物的眼球，閃閃發光追趕佐伯的靈魂——所謂的動物體電氣，大概是說這樣的作用吧！當場他身心受到的快氣死的打擊，除了盡量忍受，逃也逃不了，一籌莫展。就這樣哭倒在女人的膝蓋，說：

「照將！你行行好把我殺了吧！讓我發瘋吧！……女人，都是這樣讓男人腐壞！」

之後兩三天，不管鈴木在，叔母在，照子毫不避諱上來二樓待整天。

「照將！你下來一下幫個忙好嗎？你這陣子動不動就上二樓待著，跟阿謙和好了？」

叔母在樓下叫喊，

「是呀！早就和好了。」

照子瞇著眼睛，狡猾似地笑，一直注視著男人。

「喂！你趕快給我下去吧。我這陣子受到的強烈刺激，怎麼活下來的，連自己都覺得不可思議。你在旁邊的話，我感到非常不安，趕快給我下去吧！」

佐伯緊緊按住快要破裂的心臟，感到昏昏沉沉往深深的谷底下沉的眩暈與暈倒。不知怎的手腳末梢有如浸入水中逐漸麻痺，頭的半邊像是被薄衣服蓋住視線模糊。他的肉體疲累如屍骸，只有神經焦躁敏銳，晝夜睡不著，臉色越來越差。

剛好第四天夜晚，叔母硬拉照子外出不知去哪裡，樓梯伊軋……伊軋……，依然是陰鬱的聲音，鈴木鬱悶的面容來到二樓。上次吵架之後，這陣子不跟佐伯說話；面相比以前更難看。穿著銘仙的棉衣，繫著腰帶，洗得褪色的藍色足袋，白色綁腿的繩子綁得像小孩。

「打擾了，對不起！……」

以爲他會這麼說，沒想到臭臭的臉突然重現，痴痴地笑。有如宴席上的雜耍，迅速變臉。

「……最近身體的狀況如何？」

不相稱的客氣，鈴木往枕邊正襟危坐，兩手恭謹置於膝上。不管怎麼說，過於意外、不知蘊意的態度。說不定懷裡藏著匕首！

「身體還是不舒服。——失敬，抱歉，就這樣讓我躺著。」

佐伯側臥，棉被蓋到腋下，一隻手伸出來。心想「你是想愚弄人！」盡可能沉著，裝作平靜說話。

「輕鬆一點！……其實，我有關照子的事想請教你……」

「什麼事呢？」

佐伯的回答太快了，鈴木毫不遲疑地說。

「這陣子照子常到二樓來打擾，那是怎麼一回事？」

完全是一副監督者的口吻。「這是客氣話？還是諷刺話？」佐伯忍耐住想發飆的心，一直忍耐著。

「我曾經拜託過你的事，你忘記了嗎？」

「我不知道你拜託過我什麼；我也不記得承諾過什麼。——照子的事，就這件事要弄清楚。」

「不！既然你說沒承諾，這也沒辦法。既然這樣暫且不管，照子的事我想再請教一下。……」鈴木說著，用左手捲起一邊的袖子，頻頻按摩右手上膊一帶。跟手腕的黑黝完全不同，肌肉非常發達。血管粗到像蚯蚓爬行，胳膊的顏色白到予人不愉快不協調之感。佐伯心想笨蛋的傢伙從手相到手指的樣子看來都像笨蛋。

「我覺得這兩三天照子對你的態度奇怪——你大概也這麼覺得吧！你說不願意接受我的請託，和我有過短暫婚約的女人，和她嬉玩一天，應該不妥吧——你究竟怎麼想的呢？關於這點我希望能得到滿意的答覆。」

「嗨～」

佐伯抽一根敷島香菸，看著從鼻孔升起的煙痕。這是極爲裝模作樣的打招呼方式；這與其說是輕蔑對方，毋寧是讓自己的神經了解對方不足爲懼。抽了一會兒香菸，就把菸蒂丟進菸灰缸，臉轉向玻璃窗的方向。……天空一片漆黑，不見一顆星星……神經或許還不能十分調適，現在還焦躁不安宛如胸中有無數的侏儒像蛆湧出戰鬥。

鈴木一直瞪著佐伯的一舉一動，以瞳孔追逐，佐伯手動之處，頭轉的方向，最後沒有回答，躊躇一陣子之後，嘴邊浮現淺笑開始說話。這男子無論情緒多麼激動，說話之前浮現淺笑似乎是他的習慣。

「像這樣子沉默，不回答，會一整晚就過去，斷然做出像男子漢的回答較好吧！而且，看你的樣子我大概也了解。因爲，人這東西不可思議的大都很老實。」

無論多麼想裝作平靜，鈴木一旦開口，越說越多就無法不生氣。他的話匣子一打開，無論再怎麼堅韌的容忍限度，幾乎都遭到先天不可抗拒的力量而被砸破。何況是佐伯，自不待言。由於是跟蠢蛋和神經衰弱的應對，第三者來看或許覺得有趣，佐伯卻是滿腹怒氣。

「問我有什麼想法？我沒有想法什麼的。沒有回答你的必要。既然你大概了解了，這樣不就行了嗎？」

窗外桐樹葉發出啪啦啪啦的聲音，開始下雨了！照子要是早點回來就好了……

「哼！不知想什麼，說這樣的話——你採取那麼卑屈的態度，最後會損失的呀！」突然變成含殺氣的語調，「我不會這樣就罷休的。我已經豁出去了，有不得已採最後手段的決心，因此，如果你想顧左右而逃脫，反而會期待落空。」

佐伯心想，總算說出來了！被這般恐嚇，看來非比尋常。剛剛說到「最後的手段」的瞬間，心臟都快停了，已經到喉嚨的不服輸話語，遽然吞下去是事實。即使如此，竟然沒有如往常那樣的逼迫、讓人都快要昏倒的恐怖襲來，是怎麼一回事？他反而將恐怖當成帶有適當刺激的興奮劑，體會到這樣的氣氛。

「既然你已經下定決心，隨你高興怎麼做——本來我並沒有如你所說的妨礙的理由。照將是自己上來二樓玩的，所以不關我的事呀！既然有所妨礙，去跟照將說吧！」

「不！女人不懂得道理的。所以啊，你有責任替照子辯解……不能說沒有吧？」

「我有責任？」

「是的！」

鈴木嗤之以鼻。

「我也想到你會那麼說。可是，我昨天看了照子的祕密日記，你已經做了通姦事不是嗎？」

說著，吃吃地笑。笑時，厚嘴唇深處參差不齊的牙齒發出像刀刃的光芒。

「你呀！給我小心說話！……」

本來想打迷糊仗；看來是隱瞞不了。

「說是通姦，很奇怪耶！好吧，即使我和照子有了關係，沒有所謂通姦的法律吧？」

「有了關係吧？……不要說得這麼曖昧，就說有了關係，怎麼樣？」

「那是，有了關係。」

與迄今爲止的言行舉止甚爲矛盾的事，他毫不以爲意地承認，淡然說出。從鈴木懷裡馬上有匕首閃爍嗎？並沒有那樣的形勢。或者佐伯心裡已認定自己只剩下半條命。

「你看吧！」

鈴木像討論會時讓對方屈服那樣，得意洋洋。

「既然有了關係，那就是通姦——因爲如我曾經跟你說過的，我和照子是未婚夫妻。」

「或許你自己這麼認定，但照子說不記得有這樣的約定。自己單獨決定，就說人家通姦實在太沒有常識了——你以爲這樣的論調，在社會行得通嗎？」

「不管照子怎麼說，她說的話不能相信呀——照子的父親確實這麼約定了。依父親的意志強迫女兒結婚是沒常識嗎？我不知道。」

「所以呀，所以呀，有這樣的難處，我不知道呀！去跟照子說怎麼樣呢？如果照子不知道，還有母親在呀！」

這麼斥罵之間脾氣發作，佐伯的臉很快充血紅通通，嘴巴鼓得大大的，等待對方一言一行的空隙，伺機而動。

「不，到了今天沒必要問母親的意見。不管母親或照子怎麼說，一旦約定的事，我承認。訂婚是既成事實，所以我只要責問你的通姦罪就行了——就這件事，你要怎麼處置？」……

「這是很麻煩，所以兩個人決鬥吧！這樣是最簡單的解決方法。」

佐伯突然這麼說。語氣充滿勇氣，一定是瞪著對方；不知何時極度的憤怒與恐怖充塞有如發狂的瞳孔之中。

「不，不要這麼說，有更和平的解決方法吧！……」

意外的，鈴木有點猶豫，臉部更柔和。

「彼此都是受高等教育的人，我不想做那麼野蠻的行爲。只要你表示道歉的誠意，我就滿意了呀。什麼？你一定要決鬥什麼的，非做那麼愚蠢的行爲不可？」

「我對你沒犯任何罪，道歉，辦不到！——決鬥吧！那是最好的！」

「哼！又說這樣的話。——確實通姦，卻不願意道歉，實在可笑呀！」

「你實在愚蠢呀！是大笨蛋呀！縱使照子是未婚妻，可是現在也沒有同居，哪來通姦。」

佐伯咆哮似的斷續說著這些；中途舌頭打結，說得並不順溜。氣得手腳都發抖，充滿怒氣，彷彿瘦小的身體承載不了。或許是罵得太激烈了，連呼吸都不順暢，嘴唇黑青如瀕臨死亡之人。從肩部到頸部的動脈都發出響聲，大量的血液往頭上衝。這兩三天接近照子以來，神經衰弱了許多，遇到小小的刺激就會有巨大的反彈，要是情緒上再稍一挑撥，他快要被氣死了。

「哈哈！遇到女人的事，大家都變愚蠢了呀！——我們都被照子耍了哪！……」

這麼說時，鈴木愚笨的臉變得更暗，浮現寂寞的微笑與悲傷混合的表情。

「可是，要是太過分了，我不會不吭聲的——的確，從法律上來說不是通姦。可是，如果你有良心的話，應該不會說出那樣的理論呀。——這個嘛，我可以等你的回覆，到明天爲止，請你今夜仔細考慮！究竟是我對呢，或是你對呢？靜下心來想想，你一定會了解吧！……」

佐伯盡可能不聽對方的話，把心轉向別的方面，努力控制自己的情緒。那樣子就像歌舞伎忠臣藏裡的勘平切腹快要斷氣，一隻手按住傷口，上氣不接下氣的模樣。

「總之，我提出供你參考，我希望你做這些處置——首先，第一承認通姦的事實，寫謝罪狀。還有哪，做為謝罪的條件將來要跟照子切斷關係……」

鈴木數著指甲全部剪短的右手手指。

「切斷關係的證據，是你要退出這個家……本來就應該如此，也考慮到你需要尋找住處，所以五日內實現就行了。如果你對照子沒有野心的話，要接受以上的條件並不是那麼困難的。請你明天說明白，我也有我的考量……」

本來想說的話說完，找個時機離開就行了；然而，鈴木不停地口中唸唸有詞。也不管對方的態度多冷淡，認爲只要有耳朵就聽得到，擺出對著石頭念經的態度。

「……彼此不要爲無聊的女人爭辯呀！藉這個機緣想和你交朋友，什麼時候像我這樣的人，儘管能力不及說不定可以幫得上忙。這要是男人與女人就沒辦法，不過，男人之間的吵架結束了，反而心情好。哈哈！」

佐伯用棉被蓋住頭，假裝睡著了；但無論過了多久，無聊的自言自語就是不停止。有時斷斷續續，以爲要下樓去了，卻又繼續。這之間，佐伯想到令人毛骨悚然的是。鈴木乖乖地說話，其實是強忍著快要爆炸的怒氣，窺視著這邊的動靜也未可知。這邊的動作過於冷淡，什麼時候怒氣會發作？

「喂！我已經受不了了！」

說時遲那時快，拔出懷裡的匕首從寢具上噗地刺下去也說不定。像伊勢音頭的貢殺萬野那樣故意放任他胡鬧，助長傲氣，最後出其不意報仇也未可知。

如果是這樣蓋著棉被佯裝不知，其實危險萬分。因爲完全不知道敵人的動作，萬一有狀況時，別說逃走了，恐怕連叫聲都發不出來。即使如此，不知爲何敵人說話時覺得安心；停止時卻擔心。趁這空隙，說不定悄悄拿掉短刀刀鞘，或者往棉被這邊靠近，不知在做什麼準備……

樓下傳來開格子門的聲音，叔母和照子回來了。

「好冷呀！媽媽我感冒了呀！——都是你剛才不買駱駝的圍巾給我的關係哪！」

照子的大嗓門傳到二樓，佐伯盤據心窩邊的不安，漸漸鬆弛，融化了。同時鈴木：「呀！打擾了！」

從容起身；

「要是讓她們知道就麻煩了，所以一切都當作是你想出來的，希望你能如我剛剛說的處置——我等到明天，所以不要跟照子商量，祕密回答我。」

說了這些，盡可能不要被看出倉皇之態，悠然離去。這時——

「照將，至少把和服換了吧！」

遠遠聽到叔母的聲音，

「不！我很快就下去！」

照子邊說邊爬上樓梯，跟鈴木錯身而過，往男人旁邊一坐。

「鈴木幹什麼來的？」

開始撥弄快要熄滅的火盆的炭。

夜，大概很深了吧！電燈的燈光有一陣子變昏暗，又亮起來了。雨滴想起來似的啪啦啪啦打在梧桐葉上；但似乎不是下得很大。

「哪！哥哥，……他來做什麼？」

佐伯儘管被催促著，頭還是埋在棉被裡，一動也不動。只有長得像逢草的頭髮，稍許露出寢具邊緣。

「你去了哪裡？」

過了一陣子，他像說夢話般問道，像是剛睡醒，眼瞼不停地眨；不得已從旁邊露出臉來。

「去了哪裡，不重要——重要的是，鈴木爲何來這裡？依我說，你被恐嚇了吧？」

「胡說！」

佐伯盡可能翻白眼，上看的眼球幾乎要碰到眉毛，仰臥著仔細端詳女人，從膝蓋到腹部、胸部、衣領附近。可能沒有東西像這個女人，臉色每天都變化。今天或許是接觸到外頭的寒氣，臉頰和鼻頭紅紅的，肌膚像瓷器透著冷光，臉的感覺完全不同。

「照將！你跟鈴木有過什麼關係？」

放在心裡一直想問的事，趁這機會提出來。

「您問了無聊事哪！有，或沒有，想也知道。」

毫無不悅的臉色，平心靜氣回答，佐伯不知道她說的話是眞是假。原本照子是無論什麼場合都不會大聲叫、大聲笑的人。或許是認爲表現起伏的情緒有損女人的威嚴吧！

「可是鈴木說你們有了關係！」

「誰跟那傢伙……」

「那樣的傢伙，聽說從前也是秀才，所以什麼都不清楚呀！」

「不清楚的話，不清楚好呀。我不想辯解哪！——如果有了關係，那又怎樣？」

「說我們做的事是通姦，那傢伙實在是太高傲了！」

「那哥哥已經跟鈴木完全坦白了？」

「嗯！他說偷偷看了你的日記。我想掩飾也掩飾不了呀。」

佐伯心想「怎樣都無所謂」，自暴似的無奈語氣。

「那是鈴木在套話呀！我根本沒記什麼日記呀！——哥哥被騙了！」

「蠢蛋，卻還有些小伎倆的傢伙！……」

這麼嘲笑著，但一想到上當，他越來越憎恨鈴木，快要發脾氣了……現在腹中的蟲蠢蠢欲動，旁邊的東西，凡是碰得到的都想打碎。

「……」

「讓他知道也沒關係呀！反正他已經知道了。」

「哥哥人眞好呀！自然被知道還好，被套話說出來，實在是不像話呀！被騙或被恐嚇，就不是普通被瞧不起呀！——眞的是無可救藥呀！」

照子說著解下衣領上的圍巾，扔在男人寢具上，就大剌剌地往旁邊躺下來，把自己的臉靠近佐伯的臉，撐起下巴。長長的身體和棉被形成丁字形，包圍男子枕邊形成弓狀，如山丘覆蓋。室內空氣比戶外稍溫暖，氣色不知何時變白更加生動。

「不管是不是套話，告訴那傢伙眞正的事是好的。只會要小伎倆，我覺得只會降低他的身價。」

佐伯兩手墊在頭下，瞪著天花板，故意裝作不值一提；其實，心中某處仍殘留懊悔，總覺得無處發洩。

「鈴木說要是有通姦情事，怎麼辦呢？」

「他說，要我寫悔過書，要我離開這個家，一定要把我轟走——那個混蛋！」

爲了讓女人瞭解沒有受到恐嚇，又說些強硬的話。

「搞不好哥哥會被鈴木殺了呀……」

照子半諷刺，半擔心地說，嘴邊浮現不好意思的微笑；但未進入仰臥的男子視線。

「要殺就殺吧！那傢伙一開始就仇視我，有關係，沒關係，反正一定會這樣子。」

「沒問題啦！」

女人躺著，在榻榻米上扭腰游來，讓自己的臉接近男人懷裡。兩人的身體恰好形成兩個巴字，以頭爲中心，向左右畫弧線。

「不用害怕，不會有事的。那傢伙不是能殺人的那種狠腳色。我老是捉弄他，他連生氣的臉都不敢露一個。眞的不會有事！剛才是開玩笑嚇嚇您的，眞的可以放心！所以今後再……」

女的說話之間，佐伯頭轉向對方，臉相對。照子在男人面前撐著下巴的臉，像大餅，皺紋有聚在一塊的，有鬆弛的，厚厚的嘴唇，眼瞼、鼻梁、臉頰肉，四處的皮膚皆不同呈現殘酷歪斜的嬌態，如諂媚躍動著。肌肉充滿著某種歡喜，似乎在跳舞。

「認爲不會被殺，不會被殺！這是大錯誤。我們面對的除了被殺之外別無其他方法不是嗎？我預言那傢伙即使不殺你，也一定會殺我。這跟害不害怕無關。」

「那樣的預言是神經衰弱的結果呀！」

「神經衰弱反而在某方面會敏銳，連一般人不知道的事都感覺得到呀！」

「如果被鈴木殺的話，不如被我殺。」

女的說著，把撐著臉頰的肘抽出去，十隻左右的手指交叉，手掌朝外、兩手像棍子往男子的方向伸過去。兩隻手掌像竹柵交叉的部分，就像螃蟹的腹部。

翌日早晨，鈴木像往常打掃庭院，夾著包包，出門到神田的私立大學；可是到了傍晚還沒回來。三點半打開電燈，大約四點半左右逐漸變暗，眼看著已接近燒熱水的時間了，佐伯和照子不由得擔心起來。

「鈴木是怎麼了？回來得太晚了不是嗎？」

晚飯快準備好時，叔母終於開始懷疑起來。然而，等到用完餐整理好廚房時，仍不見鈴木回來。

「到底怎麼了？好奇怪呀！——阿雪！妳辛苦一點，鈴木還沒回來，所以澡間留著。」

叔母的懷疑隨著夜深逐漸變強烈，嘴裡的話越來越激烈。

「啊，已經八點了呀，開玩笑！究竟怎麼了？」——嘴巴翹起來說出最初斥責的話，喃喃自語，覺得好吵；不久變成哭泣聲，像是被恐怖襲擊的樣子，

「阿雪！鈴木今天早上幾點出門的？」

洗好澡出來，看著柱子上的時鐘，這麼問著的叔母表情，眞的在哭。

「這個呀！確實是七點半左右。以前經常會到老闆娘寢間的走廊，雙手按著地面說『我去上學了！』，這陣子打掃完默默地去上學呀。怪怪的，眞是沉默寡言哪！」

阿雪完全不在意別人是否擔心，天眞無邪說了這些話。

「今早有沒有跟平常特別不一樣的地方？」

「這個嘛！……這兩三天心情特別不好，老是跟我吵架。」

「有沒有看到他偷搬行李之類的呢？」

「不！沒有耶～」

沒等到說完，叔母就一個勁地跑到玄關旁的學僕房間，帶血絲的眼睛從櫥櫃到衣櫥，連書箱的蓋子都打開，一一檢查。

「奇怪哪！……衣服也原封未動……」

說著，呆立那兒。

「這麼說來這裡應該有像是法律的書籍，五、六本豎著的，現在看不到呀！」

感到驚訝的阿雪，跟在叔母後邊過來，呆呆站了一會之後，終於想起來，食指指著茶几上這麼說。

大家亂成一團之際，照子上了二樓就不見蹤影。其實，叔母早就跟照子商量，希望分憂；但是，一談到鈴木她馬上說「那傢伙能做什麼呢？」、「怕他，只會助長他的氣焰。」，完全不擺在眼裡，因此叔母敬而遠之。可是事到如今，叔母也覺得不能任憑照子一個人的意思去做，儘管知道可能會碰釘子。

「照將！照將！」

一副馬上有大事情發生的慌張樣子，匆忙爬樓梯上來。

「你知道鈴木到現在還沒回來嗎？」

「那一定想離開這個家吧！」

照子烤著男人枕邊的火盒，直接斷言，也不回頭看母親一眼。

「是嗎？……說不定以前的習性又發作了。妳是不是做了什麼讓鈴木生氣的事？」

有如老婆靠近丈夫，母親往女兒旁坐下來，求救似的膝蓋著地。這時，阿雪從樓下發出嗓門快破裂的尖叫聲，

「老闆娘！老闆娘……」

「硯盒裡放著信呢！」

「是嗎？趕快拿到二樓來！」

接著發出啪搭趴搭的上樓梯聲音，阿雪有如送炸彈一樣怯怯地送來紅色信封的信。

「好了！你到下邊去。」

叔母一接過來馬上拆開信封口，同時把阿雪趕下去，有如看「勸進帳」[5]用雙手把信拿在胸前。

要說明的是，信封袋的表面應該寫「老闆娘」的地方，故意用楷書端正寫著叔母

的本名「林久子殿」。信的內容寫了兩張紙，字大小不一字跡拙劣，是用筆尖已摩擦斷裂的筆寫得潦草，字黑黑的。

叔母看著之間，眼神發出奇怪的光芒，自然蹙眉、嘴唇緊閉，出現像是憎恨恐懼的種種表情；看到最後結束時，整個臉都變成土色，

「吶！這封信你們拿去看看！」

丟到兩人面前。人相學所說的「死相」，大概就是這時叔母的容貌吧！根本就是魂飛魄散，似乎連舌根都無法自由轉動。

不知是寫了什麼激烈的詞句。——佐伯忍耐著如俯視谷底的眩暈，從棉被裡鑽出來，上半身往信紙匍匐而去。如往常的悸動，還沒看信就心跳大作，心臟敲得快破掉了。照子下巴往火盆邊緣靠近，從對角線方向斜著看。

予以今夜爲限，決心不再回到這個家，吃這家的飯看這家人的臉色早就不愉快，其理由各自問自己的心應該就能了解；尤其是照子和佐伯一定心裡有數。不過，現在在這裡宣告，希望能深思熟慮反省改過。如果可以，或許予可赦免其罪。

予首先非數照子之母久子之罪不可。汝於夫敏造氏死後完成未亡人之任務

乎？違背敏造氏生前遺訓，誤解夫遺留唯一女兒之教育法，致照子墮落如今日，非汝之罪而爲何？與敏造氏生前相比，林家家風之頹廢幾乎無法以語言形容，予憂之幾次忠告，汝非但置之不理，反覺予囉嗦，甚者嘲笑予，毫無反省之處，實可謂敗壞家風。

尤其是敏造氏欲將女兒照子嫁予的遺志，儘管至爲明白，至今仍顧左右而言他，不僅欲毀棄婚約，甚至頻頻欲取消婚約之事，欺亡夫、欺予之罪，大極也。敏造如地下有靈，必哭泣！唉！予因汝等母子實已誤半生矣！牢牢記住呀，予對汝等不得不復仇。予受敏造氏之恩惠雖甚大，汝等既爲予之敵，實則亦爲敏造氏之敵，毫無可寬恕之理。且事已至今，予曾幾回思敏造知遇之恩，憐汝等之墮落，能忍盡量忍。

最後對佐伯進一言，已到此等狀況，予下最後手段連一刻之寬限皆難，汝如能馬上悔改，即時實現予昨夜提出之條件，退出林家，或者並非無可寬恕之道，予縱使不在家，會繼續監視汝等之行動不怠。若堅持反抗予，請小心留意！至少暗夜外出時應注意。

信寫到這裡。想像裡要是被丟恐嚇信，大概很可怕吧！實際碰到時意外的並不可怕，只是多少有點不舒服。

「哈！哈！那傢伙終於動怒了！」

佐伯說著，頭轉向叔母。卻讓人覺得看到叔母的臉色比起信更讓人恐怖。

「你說什麼呢？要是置之不理，馬上會回來呀！」

照子已看過信，卻當沒看般說話。

「說不定眞的回來，我想這次怎樣……」

叔母身體顫抖，彎腰抓火盆，又注視著榻榻米上的信。

「……在家的話始終嘀嘀咕咕，要是讓他逃出去卻又擔心，我對那傢伙已經束手無措呀！即使如此在家的話，不用擔心他打打殺殺的，跑到外頭的日子就不知他安著什麼心，說不定今晚就在我家附近徘徊也未可知。」

三人暫時沉默，不約而同留意戶外的聲音。即使白天過往行人也不多的道路夜晚一片漆黑，要是身體貼著木板牆，距離二、三公尺就不容易被發現。此外，路上堆的垃圾，後院木門的角落，都是藏身的極佳地點。……

這時，啪達啪達，從遠處傳來躡手躡腳的腳步聲，開始在三人耳中響起。似乎是穿著草鞋或光著腳極為輕微地走路。啪達！啪達！啪達！聲音有一定的間隔且輕微，慢慢往家靠近。終於那聲音可以清楚聽到了，知道是穿著塑膠底足袋的車夫拉著美國車跑，同時咚咚從家門前經過了。

「唉呀！……最近你們是否做出讓鈴木生氣的事呢？」

「這個嘛！」……照子故作認眞思考狀，「我呀！鈴木完全沒跟我說話，所以我不記得有什麼讓他生氣的事呀！」

「可是，這陣子你一直躲在二樓不是嗎？——這樣連自己人也隱瞞，實在沒意思，給我說實話吧！阿謙、還有你是不是做了讓鈴木不高興的事呢？」

「不高興的事？是指什麼呢？」

「不管什麼事，像這陣子整天待在二樓，無論是誰都會覺得怪怪的不是嗎？我以父母的眼光來看，不會覺得有什麼不正常；可是鈴木的懷疑是理所當然的呀！——所以呀，你們給我說實話吧！」

「懷疑的人就盡量讓他懷疑吧！不管世人怎麼說，只要媽媽相信就可以了。」

「你這種說法是想把媽媽當傻瓜哪！好不容易想偏袒你，你卻從旁做出把媽媽當傻瓜的舉止，只會惹我生氣不是嗎？」

叔母說著，回過頭看佐伯，半是尋求贊成，半是責問是否事實。

「哪！阿謙，照子什麼事都這樣子，我實在管不了呀！父母的眼睛再怎麼不明亮，你們到底做些什麼心裡有數。從年輕開始就苦過來的老年人來看，有什麼隱瞞馬上知道。事到如今不是要罵你們，希望從你們那裡聽到實話。」

「是！我也讓叔母擔心了，實在抱歉！這個，實際是這樣子……」

剎那之間，說假話呢？說實話呢？自己也無法決定，佐伯從寢具的衣襟探出頭來；照子頻頻使眼色，因此一下子膽子就大起來。

「……我們沒有什麼祕密，完全如照子說的。」

「哼！」叔母不服似地點點頭，中年男子常見的小紋皺綢的和服袖中，一邊的肘子頂出來。這時叔母的腦子比起想捕捉事情眞相的欲望，似乎被努力不願被兩人輕蔑的念頭占住了。

「那是媽媽沒道理呀！從前的人只要男女感情好馬上懷疑，也就是不了解現在年輕人的心情呀！說到老年人，越是嘗過甜酸苦辣的辛苦人，越是往奇怪的方向猜疑呢！不管哥哥或是我，都受過良好的教育，即使到了現在也被認爲要是沒有父母的監督就會發生錯誤，實在是受不了呀！不管是男的或是女的，興趣一致自然話就投機不是嗎？誰會做奇怪的事哪？」

「不！我並不是說你們做了奇怪的事……」

叔母慌忙制止臉通紅的照子：

「不要那麼大聲，慢慢講不是更容易明白嗎？啊！對你們產生不必要的懷疑，是我不好，請原諒！不過，兩人既然是那麼清白的關係，白白被染黑當然不高興，但和傻蛋吵架也很無聊，所以先順從對方的說法，不好意思，阿謙請你離開家怎麼樣？」

「這樣做不恰當呀！」

照子氣在心頭，想馬上取消母親的提議。

「媽媽這樣做的話，那傢伙會越來越囂張呀！哥哥要是搬到別的地方，我每天去玩，所以還是一樣呀！因爲鈴木恐嚇所以把哥哥趕出去，這會成爲世人的笑柄啊！首先，謠言會變成眞的不是嗎？」

「可是，生命是換不回來的呀！」

叔母的表情有如恐怖的東西就在眼前，終於說出眞心話。

「他說阿謙只要搬出去，就可以心服，至少這樣不會帶來什麼危險不是嗎？」

「那是媽媽會錯意了呀！哥哥搬出去，我要是去玩什麼的，他會要求履行婚約，什麼都聽他的，不就沒完沒了嗎？」

母子這樣激烈辯論大約一小時；但沒有結果。

「哥哥！不要管媽媽怎麼說，不要在意呀！媽媽平常連小偷都怕，要是家裡連一個男人都沒有，反而更糟糕！」

被照子這麼一說，佐伯無法進一步自我決定。自己和照子大概在某處都有著愛戀的感情；可是，是非常不協調、難於理解的心理狀態。

「既然這樣就照你們說的，會怎麼樣我不管了！」

叔母不高興地離開二樓；照子沒下來之前不讓阿雪睡覺，自己也倚著長火盆未曾闔眼。

「照將！我總是不放心，從今夜起你就睡在這間客廳！」

忘了剛吵得那麼兇，現在卻不堅持，只有低聲哀求；照子不懷好意地笑，說：「可是，要是睡在我旁邊，媽媽也會被牽連呀！」

那一晚，門窗特別緊閉，連廁所的電燈也沒關就去睡覺了；到了翌日中午，叔母的不安還未消失。每次打開外頭的格子門，都不敢走遠，從紙拉門的後邊怯怯地偷窺玄關。

「阿雪啊！妳以後出來辦事，要注意家的附近。」

「是！似乎沒有人呀！」

這樣的對話悄悄進行。

日暮，用過晚餐，趁夜未深關上防雨窗，叔母坐在起居室茫茫然。長火盆的炭火劈啪劈啪響燒得火紅，水壺的熱水燒得滾燙。

照子依然到二樓沒下來。

「嘖！」

叔母咋舌，心中想著「這孩子眞的是沒辦法，不知道人家爲她擔心，還無憂無慮地黏著佐伯……說到佐伯也是這樣。要是了解我是多麼辛苦，就應該趕快離開這個家不是嗎？再一次到二樓拜託他看看。」這麼自言自語。

啪達！以爲走廊的門吃風往內關，哪知又像被往外吸走。似乎突然起了強風。這麼晚了要是發生火災……萬一是那笨蛋傢伙點的火就糟糕了。

噹！噹！噹！……牆上時鐘響了八下。叔母突然站了起來，含恨似地往上瞧，剛要踏上樓梯時，「老闆娘！等等。」阿雪臉色蒼白從廁所探出來。

「說不定是我錯覺，總覺得怪怪的。請來一下。」

「怪怪的，什麼怪怪的。」

「聽到廁所外邊有人的腳步聲。」

「一定是風聲吧！」

兩人不敢分開，悄悄進入廁所內部看看；但聽不到什麼腳步聲。只是，有時有細微的人的呼吸聲，蘇！蘇！蘇！地響。興奮的神經即使連這個是否就是呼吸聲，也無法判別；如果是眞的，肯定有人貼著板壁探看室內的情形。

「妳說謊呀！沒有什麼奇怪的不是嗎？」

「是呀！可是剛才總覺得怪怪的，果然是我的錯覺吧！」

彼此互相安慰，細聲交談，準備回客廳，來到大號和小號分界處，兩人突然凍僵似的戛然站住，默默互視。就在她們細語快結束時，「咳！咳！」聽到外頭有咳嗽聲，除了人會有什麼東西發出那樣的聲音呢？……

二、三分鐘後，叔母牙根跟膝蓋簌簌作響爬上二樓。

「不，我也這麼想；似乎不是風聲呀！怎麼樣，阿謙跑一趟派出所好嗎？」

「不仔細確認就跑到派出所，很奇怪呀！即使是眞的，要是小偷就討厭，但如果是鈴木沒關係，不要理會哪！」

「下去好好檢查一下！」

這麼說著的佐伯，眼色發光，似乎勇氣十足。大概是被照子在後邊推，不得不硬起來吧！「殺人」——光是語言就不得了，不可思議的自己異常沉著，站在二人之前往廁所去。

「我聽不到那聲音呀！把走廊的一道門打開，到庭院看看吧！」

「阿謙！你說什麼？門要是打開，不是更危險嗎？——我要逃到外頭去呀！」

「沒問題的！」

身子從高橋的欄杆騰出，壓制著害怕的心，翻開靠近防雨窗套的一、二道窗戶。這時，從漆黑的庭院，強勁的寒風吹進來。

照子拉長電燈的電線，從佐伯後方開始到處照射庭院樹木。最初往左邊牆壁的角落、桐樹周圍鮮明浮現，連春日燈籠的青苔也一清二楚。同時，佐伯全身像薄荷的感覺一下子從頸部流竄到腳尖。自己雖想鎮定，卻不自覺地顫抖起來。

電燈從左端往又再往右，把植物之間的縫隙照射無遺，逐漸接近廁所。佐伯眼裡清楚看到傍晚從二樓扔下的敷島菸蒂，落在踏腳石的石頭上。

「照將！燈光再往前照！」

他穿著庭院的木屐走往廁所後邊；途中衣襟沾到蜘蛛絲。一看，鈴木蹲在潮濕的清潔孔，背部緊貼板壁，像雨蛙眼睛混濁，好像睡著了。在這地方，不會想逃也不會撲過來。

「你來這裡做什麼？……」

佐伯高高在上擋住去路的樣子，就像警察盤問乞丐的光景。

「……趕快給我出去！」

啪沙！啪沙！不知何處的八角金盤葉子發出響聲。地面濕氣看來相當重，庭院的木屐黏著黏土，有情況時佐伯無法迅速退出。

「喝！」

鈴木的聲音沙啞似乎心中有所堅持。完全看不出嘴唇蠕動，有如黑影在說話。

「出不出去看我高興。你不用管那麼多吧！」

「說什麼鬼話！進入人家家裡，還說自己高興，有這樣的傢伙嗎？有事的話，從正門進來吧！爲什麼蹲在那裡？」

「有什麼關係呢？我有我的想法。」

說不定這傢伙發瘋了？如果這個男子比自己先發狂，是痛快事。佐伯腦中閃過

「好好安慰他、親切對待他吧」的念頭。可是，如果發瘋的話更有可能揮刀呀！他依然默默地蹲著。

「不要說些無聊話，趕快給我出來，出來！」

他突然抓住鈴木的衣領拉扯著。

「你不要這樣子，如果打擾到了，我出去呀！……」

鈴木毫不抵抗，老實站起來，

「出去也可以，其實是木屐帶斷了。讓我在那裡坐一下好嗎？」

他說著，一跛一跛往走廊方向走過去。

照子還拿著電燈站在防雨套窗旁邊。

「趕快把木屐帶弄好！」

鈴木挨罵，直瞪著照子，往走廊坐下，一隻腳從繫著皮革帶的、山桐木的木屐跑出來。穿著不知從哪裡籌借來的、現在已看不到的舊茶色和服披肩，高帽子深及眼眶，頻頻調整帶子。

「唉呀！我眞是不幸的人哪！連心愛的女人都被搶走了……」

突然發出嘆息，對著照子說；照子似乎毫無反應。

「哪！照將！」

這次從正面單刀直入。但還是背部朝著女人，上半身彎向木屐。

「哪！照將！」

接二連三叫時，照子從背後不客氣教訓他說。

「不要叫我照將！我沒有弱點被你叫名字。」

「哈！哈！哈！喚小姐是從前的事。我已經不是這裡的學僕了，現在是既無關係也無牽連了。」

「既然沒有關係也無牽連，趕快出去不是很好嗎？」

「不要那麼急，我會馬上出去的……不過，照將你被佐伯欺騙了呀！這樣的男子怎麼靠得住？」

「不要多管閒事！囉嗦，趕快出去吧！」

照子說著，把電燈的線掛在門框上，急忙往裡邊去；從八帖的客廳到玄關的拉門全部打開，門口的格子門也打開，但不見叔母和阿雪的影子。

「好了！……」

鈴木把木屐往走廊扔去，終於起身。

「佐伯先生，你無論如何不會改變心意嗎？」

注視著眼前佇立的對手。

「你，不是一直都在說些懦弱的話嗎？如果對我有恨，就拿出男子氣概，採取迅速解決的方法！說什麼最後的手段，只是口頭恐嚇，有什麼用呢？」

「不！可是……」

「混蛋！」

他大喝一聲，拳頭集全身之力，狠狠揍過去，連耳邊都覺得不舒服。用力揍過去，感覺連自己的身體都快消失。先前自己心中盤算的事終於實現而感覺輕鬆，胸口的鬱悶突然變輕的結果，他搖搖晃晃快要昏倒。

「你用力揍吧！我的女人被搶走了，又被男人揍，我實在倒楣透了！」

「你不甘心的話，可以把我殺了，有帶什麼刀子之類的來嗎？」

「那就趕不及了呀……」吃吃地說，手伸入懷裡，「傷腦筋呀！你無論如何不會改變心意哪！」

「所以我要你殺我呀！」

那一瞬間，閃光乍現；鈴木右手裡一閃，馬上又藏進外套裡。

「你再怎麼恐嚇都沒用的，想殺就早點殺吧！」

佐伯像新劇的演員擺出姿勢，挺出胸膛，雙手放在背後仰望天空，星星燦燦發光。

鈴木依然吃吃地笑，不容易做決定的樣子。

「不像男子漢大丈夫的傢伙！殺不下手就不要在這裡磨蹭，滾開！」

佐伯得意洋洋，壓著鈴木胸部想把他往後門拖出去時說。

「看吧！一點也沒有男子氣概呀！」

霎時，佐伯感到下巴有如被鞭打了一下，血馬上流出來。

「哼！終於下手了！像男子漢，佩服！」

佐伯身體搖晃，手按住傷口，大話說出不久，鈴木就把他的身體摺倒在木板牆旁邊，似乎還痴痴地笑。

佐伯氣管被刺傷時，拚最後一口氣發出不可思議的聲音；但那不是不服輸，而是痛苦的哀號吧！身體雖然瘦削，大量的血液卻強有力噴出，手腳像蜈蚣那樣顫抖。

譯注：

1 香菸品牌名稱。

2 日本天皇生日。這裡應指明治天皇生日十一月三日。

3 解說書籍內容之書。

4 色情圖片。

5 歌舞伎十八劇目之一。

神童

徐雪蓉　譯

一

春之助是他所就讀的小學裡無人不知、無人不曉的人物。上自校長，下至工友，人人都說高等一年級有個神童，並對他讚不絕口。

他的成績從尋常一年級開始始終就是頂尖，但眞正出名要到四年級的時候。某日作文課，老師出了「天河」這個題目。想了二十分鐘後，春之助大聲地說「老師，我好了。」隨即在石板上流暢地寫了兩行字。老師一看，是首巧妙的五言絕句：「日沒西山外，月升東海邊。星橋彌兩極，爛爛耀秋天。」他想知道是否押韻，下課後便仔細確認，發現確實符合平仄。拿去給有漢學造詣的校長看，校長讚嘆「有李白的影子。」又懷疑可能是改寫別人的作品，兩三日後對他說：「如果懂這個意思，就寫首詩來瞧瞧。」說完，便在黑板上寫了一段夾雜平假名的文字。

「初瀨鄉間巧遇童，借問旅店何處有，遙指靄靄雲霞處，卻見梅花綻枝頭。」春之助發現是首和歌，眼睛發亮地說：「老師，我記得這首和歌，應該是釋契沖的作品吧！」

「你還眞的知道？了不起！」

老師驚豔地說。讚嘆未消，他就拿起粉筆，行雲流水地寫了一首詩：「牧笛聲中春日斜。青山一半入紅霞。借問兒童歸何處。笑指梅花溪上家。」

後來還發生這樣的事。某次校長在教室講授修身之道，順便舉了天神的例子，並寫下三首菅公知名的和歌來解釋。大約都是膾炙人口，平易近人之作，像是「匆匆行旅去，幣帛未備妥。」以及「颯颯東風來，春日梅香送。」等。

校長問：「你們最喜歡哪一首？」

其他學生的答案校長都不滿意，最後，問題的箭頭指向春之助。

「菅公的作品，我喜歡的並不在這裡面。」他回答。

校長眼帶興味地問：「那還有什麼作品？」

「我喜歡的是……」他說，一邊如夢般仰望天花板，順口吟詠出這首和歌「……

雲兒辭別群山去，他日復將歸山來。吾人可有返鄉時？雲兒去來皆自在。」

「爲什麼喜歡這首？」

「因爲涵義最高尙，境界最深遠。」

「喔，是嗎？」校長苦笑地說。

因爲智能過於發達，讓春之助變成了一個自以爲是的小鬼，升上高等二年級以後，舉止才漸趨穩重。他開始熱中漢文學，在不知不覺間受到儒教的感化。自從這早熟的少年開始耽讀四書五經，就對吟詩作對失去了興趣，轉而涉獵東洋哲學與倫理學書籍。每當放學回家，就蟄居二樓那骯髒凌亂、僅有四帖半大小的房間，伏案苦讀，直到深更。先是老子、莊子，後來還涉及佛教俱舍論、起信論、大智度論等經典。以下就是那時發生的事。某日，他想起家裡有個遠親在目黑的眞言宗寺裡當和尙，於是就去那兒借書。

「方丈，你這裡有正眼法藏這本書嗎？有的話請借給我。」

春之助突然開口。

和尙瞪大了眼睛，不可思議地凝視著少年，說：「你懂裡面講什麼嗎？」

「嗯，我懂。」

「那你把這個讀給我聽。這本書的標題怎麼唸？」

和尚說著，出示桌旁一冊薄薄的日本紙線裝書，封面上題著「三教指歸」。

「這是三教指歸吧！是弘法大師孩提時代寫的東西。我這陣子才剛讀完。」聽他這麼一說，和尚就徹底投降了。

隨著春之助的聲名遠播，生出這個奇蹟少年的父母也漸漸受到注目；大家都羨慕他們好福氣。父親名喚瀨川欽三郎，是堀留一間棉織品批發商的總工頭，已在此工作三十年。時年五十一。母親四十六歲。二人比較晚才有小孩。春之助今年才十二歲，下面只有一個快七歲的女兒。就算是工人裡面的頭頭，畢竟不比任職企業或銀行，只是一家批發商的店員，差不多就賺那點錢。他們在兩國的藥研崛不動明王附近賃屋而居，一家四口在這小巧的兩層樓屋子裡清寂、和睦地過活。每天早上八點，父親和春之助就會牽著今年剛入尋常小學一年級的幸子，到久松橋附近的小學上學，之後再獨自一人前往店裡。

在學校，哥哥自是無需贅言，做妹妹的也頗受注目。即便不像春之助那樣出類拔萃，但畢竟是一年級裡的第一名，自然位於優等生之列。生出這樣優秀的孩子，做父母的多麼欣慰啊！……雖然受到世間這般欣羨，生性怯懦又勞命的欽三郎卻老是擔心春之助。首先掛慮的是他的健康。十二歲，正值調皮搗蛋的年紀，他卻一點也不喜歡快活的遊戲或運動，一有空就耽讀書物。尤其這陣子，變得更陰鬱、沉默，臉色蒼白、體格瘦弱。明明是少年，看起來卻像個羸弱的病人。

「這孩子近來不大對勁，三餐都只吃一碗飯哪！」

母親阿牧如此說，私下跟欽三郎提起此事。於是，他把那小子叫到跟前，想了解是怎麼一回事。春之助只簡單回答：「沒什麼好擔心的，我只是在心裡發了點誓而已。」父親向他說明健康的重要，並叮囑他重視體育，但不管如何好言相勸，他就是聽不進去。

「那你在心裡起誓的究竟是什麼事？說來聽聽。」

欽三郎問，表情極為擔心。

「爸爸，我最近讀了禪宗的書，非常感動。假如人不能斷絕世俗的欲望，是不可能變偉大的。所以我盡量限制自己的食欲，鍛鍊精神，培養克己之心。但目前我還不了解和肉體比起來，精神究竟有多重要。」

春之助毅然地回答。後來，他那克己修身的手段愈來愈極端，越來越激狂。不僅食物，連睡眠時間也縮減，酷寒的天氣只著一件薄衣，坐禪一坐就是一兩小時。若硬加干涉，他就淨說些歪理，讓父母惴惴不安。所以，他們除了在一旁默默守護，也別無他法。做父親的更加心痛了。嗯，他個聰明伶俐的孩子，要是能供他上大學，好好栽培，一定會成爲了不起的學者吧！……。不過欽三郎到底是個商人，希望自己的孩子也學做生意。先不論他的期望如何，說到底，並沒有栽培孩子上大學的財力。最多讓他讀完高等小學校，就該找個合適的商店住進去當學徒，再約定好工作年限。這既是出人頭地的捷徑，也是符合身分的教育之道。然而，近來春之助卻沉浸在窮人家不該有的興趣和傾向裡，漸漸遠離父親的期望。欽三郎心想：與其自己開導，還不如請學校的老師出馬比較好。於是偷偷去拜訪了導師，懇切請託此事。

「讓那樣優秀的孩子去做買賣，實在可惜啊！」

級任導師萬分遺憾地說，但最後還是承諾會依照父親意願，對他曉以大義。

「瀨川，你那麼認眞讀書，將來打算做什麼？」

少年思考了一下，說道：「我想要當聖人。然後，拯救世間的諸多靈魂。」

「你的志向很偉大，不管說給誰聽，都是高貴的理想。但古有明訓：『百善孝爲先』，無法先孝順父母，就不可能變成德高望重的聖人。比較近的例子，看看二宮尊德就知道。他不是先繼承亡父家業，振興自家，後來才濟世救人的嗎？」

少年默然不語，低頭聽訓。老師又舉了伊能忠敬的例子，說應該遵從父願，繼承家業。至於拯救世界，是那之後的事。如此才是正確的優先順序。只要意志夠堅定，就算四、五十歲再去做也不嫌遲。當然，若只有凡人的意志，確實不大可能成功，但既然以成聖爲目標，這點忍耐和晚成是必須的。現在就急著功成名就，與年齡不相應地過度用功，若危害了健康，未來也就沒指望了——如此這般，老師的訓詞充滿熱力。

「怎麼樣？明白了嗎？要是你覺得我說的不對，不用顧慮，可以告訴我你的想法。」

「老師，我懂了。都是我不好。我眞是不孝。」

少年不知想到了什麼，忽然淚流滿面。

「往後一定遵照老師的教誨。有一天，我一定要變成聖人讓您看。」

他說著，哭得慘兮兮的。那正是他自覺最接近聖人的時刻。

老師的訓誡讓春之助大受刺激，回家的整路上都在擦眼淚。一邊走一邊想：自己之前的行爲都太虛僞了。一切都是出自卑劣的虛榮心，這種努力是虛假的。若眞有決心當上聖賢，更應該發憤圖強才對。當學者之前，得先做好商人之子。比起做學問，道德的實行才是當務之急。自稱在涵養克己之心，卻忘了要爲雙親犧牲一下自己——春之助對這種矛盾已極的態度深切自省，覺得好不羞恥。

但話雖如此，他改過遷善的行動，讓父母師長安心的表現，只維持了半個月左右，不久，又回到之前熱衷學問的狀態。

「老師，之前我答應您要孝順父母，但發生了一件讓我窒礙難行的事。請看這封信。」他這麼說，將裝在信封裡的東西遞給了老師。信封上寫著「致師君」。內容如下。

……師君有云：欲成聖賢，先修其德。師君訓誡：不辨孝道，何以成聖？彼時吾人深感所言甚是，便立誓重實踐、輕學問。啊！然則近日吾心深感疑惑，不知該當如何？欲付諸實行，卻爲不知孰爲眞善所苦。善者爲何？惡者爲何？未能窮極二者，一切行爲又何意義之有？……嗚呼，師君大人，尚請憐憫困惑已極之吾人，容許暫時之不孝。如此或有悖乎孝親之義，然因追求人間之道，方爲吾人初衷。……

展信後老師甚是困擾，但心裡有數是無法說服這少年的，於是也就放棄了。

不久，母親阿牧在兒子的書桌抽屜裡發現他的日記，上面寫著：

有如此愚昧之父母，實在是我莫大之不幸。可悲的父母啊！您們殷殷期盼未來能得到春之助溫情奉養，無憂無慮終老餘生，如此想法實在大錯特錯。春之助既不希罕金銀財寶，又不奢求功名榮達。二老視爲現世之樂的萬事萬物，無一足以動搖春之助之心志。我並非不愛您們，卻也無法只愛您們。看看基督出生之國，釋迦誕生之地便知。……

兩三頁後，有一首取自《山家集》西行法師的和歌，上有圈點。

幻夢人生，轉瞬即逝，我心駑鈍，未能醒悟。

母親根本看不懂他在寫什麼，但很明顯的是他的思想有點問題。春之助對雙親的態度逐漸變得無賴狡猾。被父親詰問時，不再如以往那樣誠實告白或細說分明。既然多說無益，就盡可能不與父親互動，不然就是支吾其詞，矇混過去。叫他多吃一點，就乖乖地吃，叫他穿暖一點，就老實地穿。唯獨讀書一事絲毫不肯妥協。他時常半夜溜下床，撥亮燈芯，伏案苦讀。不知是否領悟到只有漢學能力難成大事？他開始拚命自修英語。高等二年級即將結束時，已把卡萊爾的《英雄崇拜論》和《服裝哲學》讀得滾瓜爛熟了。至於學校老師，他早就不放在眼裡了。

這是春之助十三歲過年時發生的事。某日，在神田小川町邊散步時，發現一間舊書店，店頭擺著一套柏拉圖全集英譯本，共有六冊。背面燙金字體的 Bohn's Classical Library 被磨得都快看不見了，封面上也布滿了灰塵。試著抽出其中一卷，裡面用紅色墨水畫滿了底線，還有鉛筆做的許多註釋與批評。春之助遙想本書的前主人曾何其熟讀、玩味、鑽研過柏拉圖啊……？不由得佩服他的好學。以前只聞柏拉圖之名，未曾拜讀其大作，此時，彷彿與傾心已久的情人相遇般，私心雀躍不已。佇立在書架前，一節文字無意間躍然眼前。"……hence God resolved to form a certain movable image of eternity; and thus; while he was disposing the parts of universes, he, out of that eternity which rests in unity, formed an eternal image on the principle of numbers: —and to this we give the appellation of Time.……" 這五、六行文字是《蒂邁歐篇》中蘇格拉底對於「時間」與「永恆」的論述，把春之助平生隱約在心中沉思默想的東西充分闡釋了出來，讓他分外驚嘆，開心到連手腳都在顫抖。「是這個！就是這本書。我一直以來憧憬的正是上面所寫的內容，一直想讀的就是這個。若不懂這位哲人的思想，終究無法成爲了不起的人物。」春之助如此這般地腹中獨語。如今，他已經捨不得放開這本書了。

「這多少錢？」他回頭問了櫃檯的老闆。

「五圓。」

剛才就一直注意少年舉動的老闆，嘴邊浮著嘲弄的微笑，不甚起勁地回答。爲了哪日有此情況，春之助平時就很節儉，省下來的零用錢已有三圓。加上過年叔伯姑姨們給的壓歲錢，湊起來剛好五圓。他立刻跑回藥研崛的家，拿了錢就折返書店。

把這六本書用包袱巾包好，春之助旋即飛奔回家，下決心要在正月底前把這套書讀完。每當放學回來就懇讀到半夜兩三點，半步也不離開書桌。果眞，到了二十日左右，已如願讀完三分之二，泰半領會其中高深的哲理了。例如：眼見的現象世界不過是一場夢幻。或是：唯有觀念才是永恆、眞實的存在等等。過去春之助從佛教經典習得的幽玄思想，如今透過這位希臘哲人得到更強烈、更明晰的啓發。自己不過是個十三歲的少年，卻能讀懂連大人也不易理解的艱深書籍，領悟精神的可貴與物質的低賤。想到自己已達古代聖賢的心境，就無法不對自己的優秀與幸運沾沾自喜。「我分明是神童無誤啊！」他想。現在他的頭腦似乎已快和古來知名的哲人不相上下了。

某夜，當他讀完全集第五卷時，隱約聽到樓下立鐘的聲響；此時已是半夜三點。頭有點痛，把雨窗打開一尺左右，讓臉部暫時暴露在外面的冷空氣。今晚沒有月亮，世界已萬籟俱寂，夜空顯得更高遠清冷。凝望著閃爍的北斗七星，思緒極其自然地返回剛讀過的東西。沉醉在書中對話的他，就像甫聽完美妙的音樂一樣，恍惚的快感依然在腦中迴旋，那熱切的程度讓他想清醒過來也沒辦法。「我相信自己已經掌握了偉大的精神，就算要和古代聖僧哲人的悟道程度相比也毫不遜色了。可是，這果眞是道地的徹悟嗎？或者，只是在激昂情緒下的自我陶醉呢？如此的心情究竟能持續多久？足以讓我日後成爲了不起的宗教家、哲學家嗎？」就這樣，春之助倚在窗邊，托著腮陷入深層冥想，達五、六分鐘之久。之後，他關上雨窗準備睡覺，樓下房間卻傳來父親欽三郎的聲音：「春之助還沒睡嗎？剛才開門的是你嗎？」

「嗯，是我。」春之助立刻回答。父親卻沒再說話。

他換上睡衣，想在睡前上個廁所，於是往樓下走。才走到一半，忽然聽見雙親輕聲說著話，就屏住呼吸，豎耳靜聽。

「他今年有十三了吧！要是以前，十三歲都送去外面幹活啦！假使家裡有錢供他讀大學便罷，但若唸到中學，不上不下的，倒不如現在就送他去工作，對他本人比較有好處。」說話的是父親。春之助的心像瞬間被石頭重壓一樣痛苦。母親聽了，回答說：

「話是沒錯，但他那麼喜歡唸書，至少讓他讀完小學吧？現在就叫他去做工，恐怕他怎麼也不肯。尤其這麼聰明的孩子，更會覺得我們做父母的竟然一點慈悲心也沒有。要是被他怨恨，我會很難受的。」

「就算小學沒畢業，他的學問也早就超過了。對做生意的來說，這樣的教育程度並不會不夠。繼續上學，越來越執著於學問，只會讓他更心高氣傲。看看今晚就好，都已經三點了，每天這樣讀到半夜，很快就會搞壞身體的。還是今年四月高等二年級結束就送他去做工比較好。總之，時間到了我會跟他好好談的。」

「是啊！要是現在提這件事，料不準他又會說出什麼歪理來。不如等到四月再去問學校老師的意見吧！唉，這陣子他連老師都不放在眼裡了。上次老師還說：『眞拿你家小孩沒辦法；好棘手啊……。這樣的小孩可能會很有成就，但要是太驕傲，以後不知會墮落成什麼樣子。你們一定要好好注意才行』。」

雙親的話基本上不出他的預期。但現在仔細聽了，與其說是怨恨，先感到的其實是悲哀。他們既不懂學問的可貴，又不解人生的意義。唉，自己怎麼會有這樣無知、膚淺的父母？之所以會輕蔑學校的老師和父母，決非出於傲慢，而是因爲我的道德觀已遙遙在他們之上。硬要說成傲慢，就隨便他們吧！而且這種傲慢只會幫助我的境界向上提升，決不會向下沉淪。如同釋迦和基督不可能墮落，自己也沒有任何墮落的危險。春之助這麼想著。不管師長和父母如何反對，都不會接受做商人的安排。自己這種天才怎麼可能屈就在一家小商店裡？不管怎樣，我都要好好研究學問；我生來就是要做學問的。只要天不亡我，不管這些俗人怎麼妨礙，配得上我這資質的天命和運勢，自然會回到我身上來。如此這般的信念深深印在春之助心底，所以，儘管有點在意雙親的密談，卻也沒有特別躁動不安。

三月中旬，小學期末考開始了。同學裡面考試結束以後就要入中學就讀的還不到十人。學期結束，也就是放假的前一天，老師在講台上對全體同學訓話：「你們當中有的人離開本校，下個月就要入中學了。但也有不少人是要到商店去給人家做工的。不管哪一樣，都必須依照父母的期望。學問很重要，若能繼續上中學當然再好不過。但若父母不同意，也就無可奈何。到人家家做工固然辛苦，也並非永遠沒有出頭的機會。只要肯用心，一邊工作也能做好學問。」春之助注意到老師說這話時不時偷瞄自己。父母以前就拜託過他，如今這些話也是假裝不經意說給他聽的吧！春之助暗自推量著。想到這裡，他突然抬起胸膛，炯炯有神地瞪著老師看。不論要怎樣抵抗，會有多麼困難，我都要進入中學給你瞧瞧！叛逆之情在未發一語的少年眉宇間表露無遺。

放學後，春之助抱著書包要出教室，卻被老師叫住：「我有話對你說，放假期間來我這裡一下。我三月中旬比較忙，就下個月四、五日左右好了。」老師要說的話，他早就心知肚明。

「知道了。」他輕聲回答，彷彿深刻領悟了什麼似地，表現得很沉著。「這些庸俗、不明事理的大人不斷糾纏天才少年春之助，卑鄙地干涉他。他們怎麼全都這麼膚淺？要是世上的大人都這麼低劣的話，像自己這種偉人就要絕種了。我根本沒必要把他們的意見當一回事。不管怎麼反抗，我都有權利正當化自己的行爲。」春之助如此忖度著。離開學校時還斜眼睥睨老師。

回家後雙親倒也沒特別說什麼。反正萬事都已拜託老師了，其他的，只能像是輕撫膿腫一樣，小心翼翼地靜觀兒子的舉動。四月三日神武天皇祭的早上，家裡來了一個商人，大大的名片上寫著「東京市立第一中學御用　日本橋區馬喰町一丁目島田洋服店」。他對出玄關來應門的母親阿牧說：「府上公子的制服，還請惠顧小店的產品。」那天剛好父親欽三郎店休在家，正在玄關後的房間裡看報紙，聽到洋服店說的話，拉開拉門說：

「小兒並沒有上中學的打算。」

對方一聽馬上夾雜外交辭令，辯才無礙地說：

「結果雖尙未確定，但敝人知道府上公子有參加中學入學考試，這才來拜訪。舍下小犬也讀久松小學，我時常耳聞令公子極其優秀，不用等放榜，就知道肯定會錄取，所以現在就可以訂購制服囉！就算眞的不幸落榜，到時要退訂也全不打緊。」

「你是不是搞錯啦，小兒哪有參加什麼入學考？」

即便欽三郎這麼說，洋服店的還是不肯罷休。「不可能呀！我可不是聽鄰居隨便說說的。小店向來是第一中學的御用商店，而且我和此事的負責人私交甚篤，今天特地到庶務課去，請他讓我看考生名冊住址呢，上面明明就有府上公子春之助的大名，我這才來叨擾的……。」就這樣，洋服店的仔細把事情說了分明。

「這個嘛……」欽三郎心想，並和阿牧交換了眼神，決定先把這傢伙打發掉再說。

他走了以後，欽三郎上二樓房間去。春之助正在讀書。

「老實說，我的確瞞著爸媽去考試了。沒有告訴你們，我很抱歉，因爲知道先說一定會被反對，不如等到放榜再說。不管怎樣，我一定要讀中學，您若還是不同意，看要我去送牛奶或做什麼都可以，我會自己賺錢。」

春之助不慍不火地說出他的決心。老實、貧窮又是好人一枚的父親嘆了口氣，垂頭喪氣地。春之助看了，忍不住悲傷掉淚。接著說：「爸爸，請讓我上中學吧！我實在不願意去做工呀！」他激烈地哭求父親。雖然一邊暗批自己「應該沒必要爲這點小事哭吧？」卻還是忍不住潸然淚下，痛快哭了一場。

做父親的雙手環抱胸前，一個勁兒地嘆氣。「我不是不了解你的想法。看你那麼想研究學問，我也不想送你去做工。可是，你知道家裡的經濟不好，只有請你斷了這個念頭。你說要送牛奶半工半讀，但照你這瘦弱的身體，是不可能長久下去的。首先，光靠那個，根本賺不了學費和生活費。明天我還是去打擾一下老師，聽聽他的意見再說吧！」欽三郎除了重複這些話也別無他法。

一直以來春之助所依賴的命運之神，似乎一步步把他推向與期望相反的路。明天去問老師只會讓壓力越來越大而已。但即便如此，他還是努力安頓自己的心，想著只要自己是眞正的天才，就沒道理會陷入那樣的下場。

二

欽三郎任職的木棉批發商叫做井上商店，老闆吉兵衛年約三十五、六，是個機敏、闊達，又有相當教育程度的紳士。二十歲時年輕好玩，和芳町有一流名妓之稱的藝妓生了孩子。後來，從四日市一個做醃漬品買賣的商家娶了妻，才不再公然燈紅酒綠。但他私下替那藝妓贖了身，把母女倆安頓在濱町。媳婦嫁過來，很快就爲他生了個兒子，卻在四、五年前生第二胎時難產，母子雙亡。那時起吉兵衛就未再娶。說什麼「孩子可憐」只是藉口，眞正的原因是之前的正室一板一眼的，讓他一次就受夠了。吉兵衛天生活力充沛又愛熱鬧，討厭習慣與形式的束縛。因此，死去的妻子不知變通、認眞過度而又陰鬱的個性，讓他不敢領教。以前他們就屢屢爲瑣事而意見不合。過於耿直、正經，動輒愛生氣的太太常對他吹毛求疵；不是批評他「太溫吞了」，就是責備他「玩笑開得太過分了」。每當此時，他都會搔搔頭，直接舉白旗。有時忍不住，也會反過來嘲諷她「是妳自已不解風情」之類的，這樣把事情混過去。久而久之，「良家婦女都是這德性」的觀念變得根深柢固，也就更寵愛濱町的小妾。吉兵衛在外面養女人的事本來就是公開的祕密，所以妻子一死，就直接檯面化了。成熟又有韻味的妾開始每隔十天出入本宅一次。當初吉兵衛被她迷住時，小兩歲的她芳齡十八。如今，明明十幾個年頭過去了，她看起來依然只有二十五、六，頭髮豐盈、身材高眺、皮膚白皙，體態穠纖合度。實在是個美人兒。當她梳著銀杏捲髮，身著進口條紋的有領和服，黑色皺綢外掛，初次來到崛留的店裡時，店員們都驚豔地說她「和源之助年輕時的舞台扮相一模一樣」。圓滑世故的口才更讓人印象深刻，「難怪老闆會這麼寵愛她，確實有道理。」和源之助相似這一點，在她還當藝妓時就是花柳界公認的評價。據說當她年紀還小，尙在半玉時代時，或因看來比實際年齡成熟，並不太受客人青睞。直到她獨當一面之後才變成大紅牌。同事朋輩都爭相吹捧地說：「等她再成熟一點，不知要迷死多少人哪！」由於說她像源之助的人太多了，她很自然地就像被催眠似地，表情、聲調都模仿紀之國屋模仿得唯妙唯肖。據說現在喝醉時，還時常會拉著吉兵衛聽她最擅長的台詞，一說就沒完沒了。她的個性就是這樣爽快。

在生意做大之前，原本的店面很小。後來要增建，吉兵衛就在離本店一兩條街的小舟町後街順道蓋了別館，用來自住。再把濱町的妾宅賣了，接他們過來住。也就是說，現在別館裡住著的一家四口，分別是主人吉兵衛、小妾阿町、死去的正室生的孩子玄一，以及阿町所生的女兒阿鈴。別館的女傭無需贅言，本店的店員們也不再像以前那樣叫她「阿町」，基本上都稱爲「夫人」。當然，私底下怎樣姑且不提。玄一今年十二歲，阿鈴十四，大他兩歲。初次被介紹給阿町時，吉兵衛說：「以後她就是你的母親。」玄一也就習慣叫阿町媽媽了。又介紹阿鈴說：「這是你的姊姊。」他叫了兩三次「姊姊」，後母卻當著父親的面說：「不必叫姊姊啦，叫阿鈴就可以了。」

吉兵衛聽了不置可否，玄一就改口叫「阿鈴」。這個阿鈴對他的態度頗爲惡劣。話說玄一功課不好，準備考試或做作業時，常常害怕會被老師罵或是考不及格，急得像熱鍋上的螞蟻，最後只好去向阿鈴求救。阿鈴卻說：「唉呀，玄一！你連這個字都不認得嗎？要是不叫姊姊，我才不教你呢！」爲了報復，玄一故意選在雙親面前「姊姊」「姊姊」地叫。但阿町沒再糾正，吉兵衛亦一如往常沒有意見。後來次數多了，玄一也就叫得自然了。不知是否心理作用，每當叫姊姊時，媽媽的臉色就會比較好。

四月八日佛誕節早晨，吉兵衛如常換裝要到店裡去。久松小學的校長突然來訪，說有要事相談，想叨擾三十分鐘。他和校長並非素不相識，其實上個月底才見過，爲玄一考試不及格要留級的事商討善後對策。況且，吉兵衛也是地方上大額捐款改建校舍的有力人士之一，和學校可說關係匪淺。

「本日造訪不爲其他，有關貴店工頭瀨川欽三郎的兒子，有點事想要拜託您。我想，您大概也有耳聞，那孩子頭腦清晰、俊逸超群，說是當今天下罕見的奇才也不爲過。高等二年級已經修畢，他的父母要送他去當學徒，但當事人不肯，說什麼也要研究學問，要繼續念中學。級任導師依父母的期望，對他苦口婆心，好言相勸，但他就是不接受。聽說還哭著說知道家貧，決不會給父母添麻煩，會靠一己之力半工半讀。老師被他的決心感動了，來找我商量，看有什麼辦法幫他實現願望沒有……。」

校長開門見山地說。假如自己是欽三郎，基於父子之情，一定會盡量滿足孩子的要求。之所以勉強他去給人家當工人，應該是家裡經濟不允許吧！校長要拜託吉兵衛的正是這個：能否接下照顧那可憐少年的責任，幫他出學費，讓他如願繼續升學。先讀中學，後升高中，再到大學畢業，前後加起來要十幾年的時間哪！若非有相當財力的慈善家，這麼長的時間，照顧起來並非容易事。若能不對那俊秀的孩子見死不救，好好教育他成爲了不起的人物，將來爲天下貢獻才能，那麼，這不僅是春之助之福，對國家也有莫大助益。尤其，他又是自家店員的孩子，對您來說也並非不相干的人。這麼說或許有點失禮，但府上公子玄一的成績比一般學生還要差許多，不如以找家庭教師爲由，接下照顧春之助的使命怎麼樣？他年紀雖小，學識卻已勝過半吊子的成人教師。而且不只對玄一有好處，令嬡阿鈴小姐今年也要進女學校了，功課會越來越難，不再如以往輕鬆，我想還是有春之助在比較方便。請考慮看看，兩三日後再給我個答覆，好嗎？又說：春之助瞞著父母參加中學入學考，已經高中榜首，現在，就差辦理入學手續而已。最後還補上一句：「整件事都是我個人的想法，欽三郎完全不知情，這一點也煩請知悉。」

吉兵衛興好風雅，對一般俗務原就不大上心。這件事他也沒有要表現多有同情心的意思，但基本上對其旨趣並無甚議。認養一個孩子讓他上學，這點錢對他來說僅是九牛一毛。因此當場就跟校長表露心跡：既然對自己的孩子和對欽三郎都有好處，若無意外，應該會答應下來。

「好吧！我會直接告訴欽三郎您來提過這件事。先聽聽他的看法，再和當事人見個面。過去雖然一直耳聞那孩子的事，但還沒見過面。」

「您言之有理。那就萬事拜託了。」

校長說完就起身告辭了。

記得五、六歲時，春之助常被母親帶到老闆家請安。隨著年紀漸長，對商人嫌惡的心態以及傲慢、陰鬱的性格越來越嚴重，完全不願踏近一步。就算母親要他跑跑腿，或是盂蘭盆節、春節時去露個臉，也一味逃避不從。因此，現在長成什麼樣子，吉兵衛一點概念也沒有。常聽說他是世間罕見的神童，不過，是否眞如校長所言，未來能成大器？對這一點，倒是頗感懷疑。說實話，吉兵衛有他的自負，覺得不過是一個小學教員，能有什麼好眼光。「或許現在很優秀吧！但有什麼事比小時了了更靠不住的？一個人的才華能發揮或是會退步，並沒那麼容易知道。」吉兵衛的結論是這樣的。這麼說是因爲他小時候不愛念書，是個搗蛋鬼，曾讓父母傷透了腦筋。但繼承了家業之後，卻讓生意興隆，財富倍增。所以就算要認養春之助，也決不是爲了國家利益那樣誇大的理由，不過就是看在校長熱心奔走的面子上，覺得「沒到必須拒絕的程度，不如答應他好了。」

欽三郎當晚回到藥研幅的家，立刻把阿牧和春之助叫來，用充滿感激的語氣說：今天老闆提了如此這般好心的事。然後，像卸下千斤重擔般，安心地嘆了口氣。春之助感到無限滿足，心想：「眞正的命運之門終於開了，我一定可以成爲偉大的人物。」一確認命運能隨自己的意願左右，卻又立時興起任性的虛榮，覺得既然平日就嫌惡商人，爲何要去向那見識低淺的暴發戶求取金援？甚至產生一種不服輸的心態，認爲根本不用屈就，可以靠自己的力量獨立苦學。不過，即便心裡這麼想，卻沒有勇氣挺起胸膛告訴父親：「對方的好意我心領了，但與其受人幫助，我還是決定靠自己的力量。」在內心深處，他隱約知道自己終究無法堅持到底。只不過因爲隨時要離開慈母懷抱，開始寄人籬下，這種認知讓他恐懼不安。如此而已。

「要是老闆答應認養你，你當然不能說不了。他要我明天帶你過去，你就跟我走一趟吧！」

父親開心地說著。春之助沉思了一會兒才回答：「那就拜託您了。」語氣像是一開始就答應了似的。

三

那天晚上的事，還有四月九日傍晚被父親牽著手，初次拜訪主人小舟町住處的事，恐怕是春之助年少時代印象最深也最久遠的記憶。父親計畫那天下午五點先回家一趟，晚飯後再出門。一如往常，一家四口和樂地圍著矮腳桌用餐。春之助甚至記得那時吃的是羊栖菜。

「今天只是去拜訪一下，等確定要過去打擾了，我再準備豐盛一點，讓你好好吃一頓。」

母親阿牧說。

「哥哥要去哪裡？」

妹妹阿幸問。

「要到小舟町當書生去了。那不是陌生的地方，想見哥哥還是隨時可以見面的。」阿牧說。欽三郎卻連忙糾正：「說是去做書生，但還是跟家僕一樣。一旦被認養，除了盂蘭盆節和過年期間，可不能隨便見面喔！這樣對他本人的學習也比較好。春之助和其他孩子不同，這些道理一定比我懂，沒必要我一再耳提面命了吧！」

平日就吃得少的春之助，此時心頭一緊，更是食不下嚥。但聽到父親這麼說，反倒激起自尊心，表現得態度從容，硬是吃下第二碗茶泡飯。「跟家僕一樣」這句話觸動了他的肝火，感到既悲傷又生氣。「我才不是去做家僕的，我是去當家庭教師的。不管發生什麼事，都不能傷害我家庭教師的尊嚴。面對的就算是主人，也不會隨便低頭。」暗地裡，他下了這樣的決心。

從藥研崛的家出來時，還是淡雲蔽空的傍晚時分，等來到人形町大道時，天已經完全黑了。春之助常聽到「別館、別館」的事，但尚未親身來過。想像中應該會相當富麗堂皇，來到外門前，卻只見用新檜木板搭建，長約三、四公尺的圍牆。牆內的住宅精緻小巧，頗有風情。陶製門牌上寫著「井上別邸」。再進到裡面，雅致的格子拉門關著，玄關亦不顯特別氣派，給春之助一種可親的感覺。他本想大大方方地從玄關叫門，父親卻繞到主屋後面，打開廚房門，對一個正在洗手槽下方，年約十八、九歲的女傭說：

「阿辰呀，老闆在家嗎？」

「啊！是領班哪！老闆正在吃飯呢！……喂，阿新，瀨川先生來了，你去報告老闆一聲吧！」

阿辰這麼說，手上還一直洗著桶裡的器具，然後把抹布掛上。阿新則蹲在水泥地上，吃力地打開蒸籠的蓋子，蒸騰的熱氣一下子全從底部冒上來。然後把裡面熱呼呼的食物拿出來，移到小碗裡。那不知名的東西看起來像饅頭，色澤金黃，形狀飽滿。接著又熟練地把葛粉湯似的濃稠液體注入碗內。這家的主人夫婦皆爲老饕，一般食物無法滿足他們的味蕾，所以每到晚餐時分，就彷彿大飯店廚房裡的光景。媽媽阿牧偶爾做個天婦羅就要忙上大半天，但這裡的料理才是他前所未見的功夫菜。想到每天晚上這些珍饈美饌都被拿來祭當家主人的五臟廟，讓春之助覺得眞是極盡豪奢。「那個柔軟飽滿的東西，到底是用什麼做的？」——在好奇心的驅使下，他不斷偷瞄那色澤吸睛的食物，覺得與其做來吃，其實更像欣賞用的。料理一完成，阿新把碗放在托盤上，再把斜掛在身上方便工作的布條拿開，起身對欽三郎說：

「領班，我現在就去報告老爺，你稍等一下啊！」

圓臉的阿新比阿辰大個一兩歲，體態勻稱、相貌可愛，看起來聰明伶俐，很有人緣。阿辰比較福泰，是標準的女傭身材，眼神看來有點險惡的樣子。兩人的服裝、態度都頗有水準，說話也挺有禮貌的，但春之助忖度那只是爲了符合豪門廚房工作者的身分，並非出於對我們的親切。阿新往休息室去了，中間相隔的門沒拉上，透過兩三尺寬的間隙，可略爲窺探這幢宅邸的格局。休息室前的長廊一直線地延伸到盡頭。左邊並列著兩間氣派的大廳。走廊的右側是綠草如茵的庭園。在室內燈光的映照下，隱約可見門邊的矮牆和石燈籠。連一丁點黑暗都要拂拭去似的，廚房、客廳和走廊的柱子上都點了好幾盞燈，使得室內熠熠生輝，格外地明亮。原先對正門的小巧略感意外的春之助，這下更驚訝室內比預期寬敞許多。這家的玄關猶如扇軸，軸心看來很小，但呈放射狀般，愈往裡面愈寬闊。

「領班，請進。老闆正在用餐，但他說沒關係，帶你們進去。」

從拉門進來說話的又是另一位傭人，名喚阿久，是現在的夫人還做小妾、住在濱町時起就服侍著她的丫鬟。後來也一起移居別邸，現在扮演女傭裡領頭的角色。在三人之中年紀最長，大約二十五、六，下顎凹陷，紅鼻頭，長相聒譟。和阿新相比，外型遜色多了。身材過於削瘦，又身著絹綢的條紋和服，活脫脫像茶室裡的半老徐娘。

她把從裡面撤下來的酒壺放在地板上，捧起侍者用的缽盆，又催了欽三郎一次：

「來！這兒請。」

說著，就自顧自率先往回走了。

父親領著春之助跨過廚房的木地板，從休息室來到走廊。從這兒可見在廚房時看不到的榻榻米迴廊，向左邊拐過去。經過兩側對開的門走到盡頭，是螺旋狀的階梯。兩人跟在阿久身後上了二樓。

二樓有兩間房間相連，分別是八帖和十帖大。

較大的那間擺放著桑木製的餐桌。剛洗完澡的主人頂著油亮的額頭，從食器裡夾出令人垂涎三尺的美食，又舔了舔酒杯的杯緣。父親在房間外細長的木地板上恭敬地跪坐下來，雙手貼伏在門檻邊，於是春之助也跟著照做。

「來，進來吧！」吉兵衛說。但父親依舊維持原本的姿勢，鞠躬兩三次，又等了一兩分鐘，才慢慢挪進去。而即便進去了，父子倆仍待在最角落的位置，甚至比在一旁服侍的阿久還要往後兩三尺。

「你就是阿春呀？長大了呢！」

主人的聲音清爽而年輕，語氣聽起來有孩子般的純眞。

「是的。」春之助簡明地回答。一想到現在正被這個人考核著，就覺得一定要在應對進退之間讓他了解自己是非凡的神童。他盡量用字簡潔，發音清楚，表現出沉穩的樣子。

「聽說你在學校功課非常好，昨天校長特地來找我，要我幫忙讓你上中學。也聽說你父親原本是要把你送去給人當家僕的。難得校長來拜託我，假使你眞的非升學不可，要不以後就從我這兒去，你看如何？我家裡剛好也有兩個和你差不多大的孩子，你在這裡當家庭教師，每天各幫他倆複習一小時就好，其他倒也不用做什麼。當然，可能不比從前在自己家裡舒服，會比較辛苦一點，但這點還希望你能忍耐。怎麼樣？要試試看嗎？」

「好的！我會加油。」

春之助抬起頭來與主人正面相照，一邊這樣回答。這時他才有機會端詳吉兵衛的風采和這個房間的樣子。主人年紀不大，頭卻已禿了不少，是個肥胖福泰的男子。平時看到的大人，像是學校老師和父親等人都面有菜色，這是第一次接觸到吉兵衛這樣柔和、大氣，充滿活力與威嚴的人，不由得產生敬意。他不愧爲一家大商店的主人，是至今接觸過的大人中最可佩的。然後是室內裝潢。藥研崛的家僅能遮風避雨，毫無品味或風雅可言。物質欲望向來淡泊的春之助，原本覺得那樣就夠了，如今看了這廳堂，才發覺氣派的宅邸確實有其美感，也了解到不可一概輕忽室內裝修的重要。首先，帶給他視覺愉悅的是室內茶褐色砂壁的調性。表面的消光霧面處理溫潤古樸，底部的砂紙卻發出粉光特有的奪目光彩，在兩者完美結合之下，映襯出這家生活的優雅高尚。它有一種力量，將窮慣了的少年在不知不覺間帶進截然不同的境界。接著，春之助注意到牆壁和隔扇顏色的對比。細緻的隔扇用的是日本特有的純白鳥子紙，與牆面保有一種均衡的美。過去一直以為隔扇貼什麼紙都一樣，如今看了這牆壁的顏色，才知道非用純白的鳥子紙不可。再來是天花板、柱子和橫梁。他不禁投以讚嘆的眼光：木頭的質地和肌理，怎能和其他建材調和得這麼完美？至於壁龕上的掛軸、多寶格櫥架上的擺飾等小物，只略以恍惚的心境掃過。如同旅人在眺望春光明媚的草原時，完全陶醉在和煦薰風之中，不記得路旁開的是什麼花一樣，房子裡其他的細節如何，究竟還有哪些東西，便也沒有餘裕去注意了。不過，最後仍有一樣東西吸引了春之助的目光，那就是離吉兵衛三、四尺，彷彿飄然在此空間裡的一張白皙臉龐。其實他一進來就注意到了，約略知道是個女人——而且應該就是素有絕色美女之稱的女主人。他努力不看她，眼角卻不斷射入白皙耀眼的光芒，讓他的意識片刻也離不開。而且，即便可以不去看，卻不能阻止他去感覺。過去春之助純潔的心對女性毫無興趣，但因這女子的臉蛋光彩鮮明，很自然地影響他的感官，所以怎樣都無法忽略。隨著感覺越來越強烈，他不禁害羞起來，就更努力地避開視線。

他自問自答：「看一下她的臉應該沒什麼麼關係吧？既然沒啥好愧疚的，就沒必要特意不看啊！」於是，下了決心往夫人那邊看去。或許認爲這場合輪不到女人和小孩說話，坐在主人對面的她，雙手一直交疊在膝上未發一語。春之助不懂髮型名稱與服裝質地，也沒看過源之助的戲劇，仍能隱約看出是個性格剛強的女人。但因她從頭到尾都保持夫人風範，讓缺乏經驗的春之助沒能從她身上辨識出曾是藝妓的痕跡。此外，她和自己認識的女人也有著天壤之別，不但頭髮烏黑濃密，皮膚細緻光滑，而且眼睛很大，輪廓分明。但凡女人長得美，看起來就會比較聰明。好比這個婦人表現出恭謹的態度，端坐在那兒適時點點頭，就顯得格外有分寸、有智慧，甚至讓人想像她的腦袋絕頂聰明。若這個容貌妖豔的女子和自己一樣用日語說話，用同樣的表情或笑或哭，不知爲何，會讓春之助有不可思議的感覺呢！而這想像竟然馬上就成眞了。春之助和主人的談話一結束，阿町就眨了眨那雙大眼睛，快速地掃過兩人的臉，說道：

「老爺，瀨川先生還沒吃飯吧？請他們在這兒一塊兒用餐如何？」

「謝謝您，不用麻煩了。我們吃過才來的。」欽三郎誠惶誠恐地婉謝。

「應該是吃過才來的吧！畢竟我們家的晚餐特別晚。」主人很自然地阻止了她的提議。又說：「把這也收下去吧！」再一口飲盡杯裡剩下的酒。於是阿久就撤下了飯碗。

夫婦倆一邊用餐，一邊大聲品評今晚的料理。主人讚賞照燒鰆魚做得最好吃。阿町表示同意，又說：「說來已經有一陣子沒吃雞肉鬆了。明晚叫阿新做來吃吧！」

就這樣，話題有好一會兒都在食物上打轉。欽三郎也加入討論，談起一年之中什麼季節，哪些魚貝類最美味。春之助之父窮則窮矣，畢竟是道地的江戶人，這方面似乎有相當的見識與品味，能在這話題上和主人對談。阿町突然問：「烏魚子到底是什麼做的呀？」這問題成為一個開端，他們陸續談到海膽、香魚子、海參腸等等的製法與產地。不過，主要在交換意見的還是吉兵衛和欽三郎二人。這些食物春之助幾乎都聞所未聞，更不曾看過，自然也就無甚興趣。倒是阿町對二者的說明聽得津津有味，不時發出：「哇！哇！」的驚嘆聲，動輒還提出天外奇想般的問題。這卻意外暴露出她沒受過什麼教育的事實。

「對了，老爺啊！偕樂園的支那料理不是有道菜叫做龍魚腸嗎？有人說那是龍的蛋，眞的嗎？」

聽到阿町的問題，主人絲毫不覺奇怪，反而認眞、好整以暇地回答：「大概是香腸吧！和洋食裡的西式香腸是一樣的東西。」

「可是我問過那裡的老闆，他說是龍卵呀！也許中國眞有龍這種動物呢！」

春之助聽了很想笑，只好低著頭，盡量忍住鼻腔發出的嗤嗤聲。剛才就一直靜觀夫人的言談，原本對她的尊敬也隨之消失。等到「龍卵」這問題出現時，實在無法不感到輕蔑與滑稽了。如此美麗、聰慧的外表，竟和這等低劣、愚蠢的內在共同存在，組合成一個人；不管對容貌或對精神來說，都是極可悲的矛盾。碰巧想到矛盾，讓他對這位夫人所代表的全體「女性」，都萌生了極端鄙視的感覺。物質的過剩與靈魂的匱乏——將不均衡的兩者具體集合在一起的生物就是女性。所以，女性就像傾斜一邊的天秤，是不安定的存在。春之助前陣子才讀過審美學，記得「調和」是美的重要元素之一。若眞如此，便能論證不調和的女性是不美的。那麼，主人吉兵衛爲何不惜做出許多犧牲，花了大把銀子，也要和她共同生活呢？況且——不，恐怕他還愛戀著她吧？這種事爲何能讓他引以爲樂呢？說到底，大概因爲他也是個缺乏理想的商人，只看物質而不重靈魂吧！想到這裡，春之助發現不僅對阿町，連對主人最初的判斷也錯了。「認爲他們夫妻多少値得敬畏，其實是高估了他們。外表看起來高尙，但內在低俗的程度和其他大人無異。我一點也不需要尊重他們或顧慮他們。既然我是來這個家當家教的，那麼不只對小孩，連大人也要用我高超的德行來感化才行。」他心裡懷著如此遠大的抱負，當晚，又和父親一同回到了藥研崛的家。

過了四、五天，也就是中學新學年開始的前一晚，春之助就到小舟町的別館當書生去了。他只帶了兩三件衣服，其餘都是珍藏的書籍，把支那提包塞得滿滿的。他們雇了人力車，父親也陪同一起過去。玄關後六帖大的空間是他的房間，爲了隨時可以入住，已被打掃得很乾淨。欽三郎向三個女傭一一引介自己的兒子，並拜託他們：「以後請多關照。」之後，又用了比較正式的語氣對春之助說：

「今晚就這樣，那我回去了。沒和老爺夫人見上面，你幫我致意吧！——我也沒什麼對你說的，就是上次老爺有交代：『那孩子看來氣色很差，身體不大好的樣子，叫他多保重。』所以，你認眞讀書可以，但可別弄壞了身子。」

「我走了啊！再見。」做父親的輕輕點了個頭，出了書生房。

春之助被獨自留在房裡，動也不動地發著呆。心想很快就會有人過來吧！但二、三十分鐘過去，別說主人了，連女傭的腳步聲也沒聽見。於是，百無聊賴的、被冷落的感覺升起，讓少年稚嫩的心備感孤單。即便沒有刻意去想，出生至今十三年來未曾離開一天的藥研崛的家，父親、母親和妹妹的影像，都浮現在腦海裡。此時，他感到一股無法抑扼的懷念與依戀。擔心現在若有人進來跟他說話，自己絕對會忍不住大哭，因此也沒有勇氣整理眼前的一堆行李，只能拚命地忍住眼淚。

過了一個多小時，走廊上才終於出現人聲。進來的是吉兵衛。他說：「啊，你來啦！我現在就把小孩介紹給你認識，請多關照。」話語方歇，兩個小孩戰戰兢兢地跟著主人進來。「這就是你們的老師瀨川先生，今後要好好聽他的話，有什麼不懂都可以請教他。」吉兵衛回頭看二人，這樣說道。

孩子們知道這個秀逸出衆的人物和自己讀同一所小學，應該對他的長相很熟悉，而且，已經被告知他就要來當家教的事了。但或許因爲年紀相仿，卻被父親尊稱爲老師，讓他們兩個突然覺得好笑，互看對方一眼，偷笑了一下，一邊恭敬地行禮。

春之助頗有威嚴地回了禮。雖然以前就聽說和主人小孩同校，卻是第一次見面。玄一是男子部的學童，又只比自己低一屆，照理說應該有似曾相識的感覺，不料卻毫無印象，甚至懷疑他眞的在學校裡嗎？待細看他的容貌，才明白的確不是會引人注意的小孩。首先，一點少年的活力也沒有。而且讓人特別不舒服的是他的膚色：細薄的皮膚底下，沒有一點兒紅潤或黃種人自然的膚色，面色青黑如混濁的死水，讓人聯想到常年幽禁在監獄裡的犯人。眼睛和鼻子還算勻稱，但個子看起來比實際年齡瘦小，表情也怯懦而遲鈍。像是在睡覺似地，雙眼半睜半閉，連看東西時也不睜大眼睛。再加上口條欠缺清楚明晰，任何人看了都知道不是個頭腦靈活的孩子。

「要教這孩子恐怕不容易呢！」春之助如此直覺。

姊姊阿鈴比自己高一年級，據說明天開始就要到本鄉的女學校就讀。春之助一見阿鈴就發現「嗯，這女孩我倒是有印象。」向來自認對異性的美極爲冷淡，卻意識到這少女的長相無意間已留在腦海裡。所謂「女色乃可鄙之物，淫欲爲可憎之情。」他也確信不會受到這種不良傾向的影響，所以，現在有點被自己背叛了的感覺。不過，說是有印象，卻也不十分清楚，僅約略記得在往返學校的途中遇過幾次。輪廓均整、身材嬌小，在女孩子中顯得皮膚略黑這幾點和玄一有些相似，但她雙頰透出孩子特有的桃紅色澤，以及承襲母親的鮮明活潑的眼眸，都讓她顯露出異於弟弟的美貌。或許還不及母親阿町嬌豔，但五官的位置長得比母親更勻稱集中。到了相當年齡，再經過一定的發酵，那麼，妖豔柔美更勝其母，也是指日可待之事。若要說缺點嘛，就是皮膚不夠白。但也不是玄一那種病態的青黑色，而是淡淡的黃色。很奇妙地，她這種膚色反而給人一種甜美可親的感覺。

吉兵衛將春之助安排在上位，讓兩個小孩坐在他對面，然後做了極簡的訓示。雖是同年齡，但你們也知道：學校老師保證春之助非常優秀，所以絕對不可以對他不禮貌。將來你們姊弟就稱他「瀨川先生」。我會請「瀨川先生」來當家教，主要是爲了玄一，要請你每天至少規律地監督他複習一個小時以上。姊姊阿鈴的成績還好，但也不能大意。而且學無止境，玄一讀書時，妳就盡量一起坐在書桌前複習，三十分鐘一個小時都好，這樣也等於是在幫助玄一，鼓勵玄一。今後只要是學習時間，都要待在「瀨川先生」的房間，就是這間書生房。吉兵衛交代完重點，兩人又恭敬地行了禮，之後就出去了。一到走廊上，就聽見阿鈴呵呵大笑，然後啪答啪答地跑掉了。

那天夜裡春之助久不成眠。熄燈以後，在幽暗的書生房裡蓋上棉被，陷入沉思好一會兒。後來終於睡著了，卻作了個極悲慘的夢，兩個小時左右再度醒來。不知是否在夢裡哭過，醒來時發現兩眼都是淚水。夢見什麼記得並不十分清楚，但顯然是因爲太過思念父母才作那樣的夢。「啊！一直以來都自稱在學習聖人之道，但我實在是太不孝了。爲何會那樣輕視父母呢？爸爸、媽媽，請原諒我。將來我一定會報答您們，孝順您們，來表示我的歉疚。請給我十到十五年的時間，再爲我忍耐忍耐吧！」就這樣，他在黑暗中雙手合十，不斷叩首向父母道歉。他並且在心裡發了重誓：爲了孝順父母，無論如何都要成聖才行。

四

隔天早上十一點左右，母親正在藥研崛家裡的廚房洗衣服，這時，春之助突然打開前面的格子門，悄悄進到家裡來。今天是中學的始業式，才兩個小時就結束了。回去前順便過來看一下，其實是有一本重要的書放在二樓忘記帶過去，所以回來拿。他看著母親，若無其事地說。敏銳的母親發現這孩子的眼角似乎噙著淚水，但假裝沒發現，溫柔地說：「喔，是這樣啊！那就去二樓找找看吧！」春之助上了二樓，好一會兒都沒有下來。原本打算見了母親要道歉：「媽！以前都是我不好，您們這麼疼我，我卻太不知感恩了，眞該被老天爺懲罰。請原諒我至今爲止的錯吧！」但時候到了，卻心頭一緊，什麼也說不出來。隨後又想：至少待到妹妹阿幸從小學回家吃午飯再走，於是就煞有介事地在抽屜裡翻找。十二點的鐘聲響了他才下樓來，說：「媽，我想吃完中飯再走耶，可以煮點什麼好吃的給我嗎？」「當然可以啊！不過，你有先跟那邊打過招呼嗎？」母親帶著又心疼又嚴厲的眼神說。她心裡感到狐疑：這孩子從來不曾向我討吃的，今天到底是怎麼了？爲此感到相當不解。春之助回答：「嗯，跟女傭說了：我有點事，說不定會回家一趟。早上有帶便當出來，但學校早早就結束了，所以……。」他難過地低下頭，把鋁製便當盒的蓋子打開，裡面大約有八分滿的白飯，兩片醃黃瓜和一點魷魚絲。

「是嗎？那就吃完再走沒關係。來，把便當裡的飯菜拿出來，剩下來不禮貌。就放我這兒吧！」

母親了然於心，什麼都替自己想好了。

沒多久阿幸就回來了。母子三人像昨天一樣圍著餐桌用餐。母親問了很多問題，他就把昨天傍晚被帶去小舟町之後的情形和那邊的樣子略爲描述了一下。老爺和夫人都是明理又親切的人。而且老爺一開始就稱自己「瀨川先生」，所以女傭們也很有禮貌。應該今晚就要開始教小孩功課了，其他並沒什麼事，可以自在地念書。總之，一切都很滿意。

但實情是春之助並不如嘴巴說的那樣滿意。因爲自己和其他的家僕一樣，必須喊主人夫婦爲「老爺」「夫人」。明明是家庭教師，一天三餐卻都必須和女傭一起在廚房裡吃。不知故意還是偶然，房間被安排在玄關的隔壁，因此，往後來客時的應門，送迎主人夫婦出入等討厭的工作，極可能理所當然地落在自己身上。總之，若要算起來，會讓自負的他不愉快的事還眞不少。其中最惱人的是今天早上一睜開眼睛，阿新那丫環就來命令他：「成瀨先生，不好意思，可以麻煩你用這支掃帚把正門的通道掃一掃嗎？夫人說了，只要大門口就好，以後每天早上這件事都要拜託你。」他早就下定決心，若叫他做這類損及家庭教師尊嚴的雜役，非要斷然拒絕不可，但既然說是主人的吩咐，也就沒有勇氣說不。最後，只好像個小童僕似地乖乖從命。原想把不滿和屈辱告訴母親，但她恐怕也無可奈何，可能還會說：「那麼一點小事也是應該的嘛！」眞正的重點還是虛榮心作祟：春之助不願讓人知道自己屈服於這種羞辱的事。自始至終他都要以家庭教師的身分來面對全世界。

揮別母親回到小舟町時已經過了下午兩點。「今天學校十點就放學了，但我有點事，繞去藥研崛的家一趟，所以現在才回來。家母要我問候您。」就這樣，他特地來到阿町面前，抬頭挺胸地向他解釋，只差沒把「我和僕人不同」這句話說出口而已。

小學時代春之助就已一枝獨秀了，到了中學再度脫穎而出，不過一週的時間，就變成全年級的楷模。但原本期待會比較有挑戰性的學科內容和老師的學識，都和小學時別無二致。不論語學、數學，或是地理、歷史，他每一科的表現都讓老師和同學驚豔。有一天上修身課時老師提問：「各位研究學問的目的爲何？」並叫了五、六個人來回答。最後輪到瀨川，他立刻起身，聲音宏亮地說：

「我將來要當聖人。研究的目的是爲了拯救世人的靈魂。」不料，話一出口，立刻引來同學哄堂大笑。連老師臉上也露出嘲弄的微笑。

「你們笑什麼？」

春之助突然暴怒，聲嘶力竭地吼著。

「到底有什麼可笑的？我並沒有說謊，是用確切的信念做偉大的宣言。」

他瞪大雙眼，緊握拳頭，睥睨著全場，好比仁王像凜然矗立，慷慨激昂地陳述。霎時全班鴉雀無聲，驚愕地仰望他脹得通紅的臉。

「眞是了不起呀！」

角落裡有人小聲地說。那是以大力士自豪的中村；他不但留級，還是不良少年。但被春之助這麼一瞪，連他也不禁怯懦地笑了笑，低下頭去。

春之助非常得意。他感到自己胸中熾熱的宗教情操，幾可比擬沃木斯會議裡的馬丁路德。也漫然想起孟子說的「雖千萬人，吾往矣」。古來多少英雄豪傑，少壯時代奇蹟行動的先例，如今，都鮮明地浮現腦海。看！我只不過是抬頭挺胸地叱　那些蠢蛋，就沒一個人抵抗得了。這決非虛張聲勢的恐嚇而已。如果那獅子般的怒吼僅是虛有其表，那麼，不管多愚蠢，也不可能被自己這個毛頭小子嚇到。我才斥喝一聲就讓他們啞口無言，全是因爲內心深處的靈妙精神發生作用的緣故。被大家嘲笑時，也沒想到自己會有這麼不可思議的力量，就像火焰般迸裂開來，瞬間發出閃電的光芒。

他不斷對自己說：「啊！我確實是個非凡的人物。今天的事就是最好的證據。太好了，太慶幸了。」他感到內心脹滿了喜悅與光榮。因此，給人當家僕的辛苦，以及對藥研崛家的依戀，都在那日忘得一乾二淨。

也因如此，學校生活的愉快更勝以往。早上八點到下午兩三點，坐在教室書桌前學習時，對於逆境的不平或悲觀的心態都消失無蹤，被希望和自信照亮了前途。同年級的同學爲他取了「聖人」這個綽號，對此，他似乎也沒有什麼不悅。在那之後，幾乎每一天、每小時都上演著讓全體師生刮目相看，滿足他虛榮心的事。

只不過下課後一步出校門，就忽然又烏雲罩頂，如家常便飯一般被陰暗的懊惱占據整顆心。每當想到「此刻非回討厭的主人家不可嗎？」或是「若能直接回父母家，再從那裡通學多好？」他的腳步就無法往小舟町的方向去。春之助不斷地找理由向母親解釋，並對自己的內心辯解。不到三天，就跑回藥研堀的家一趟。

他常說：「唉唷，媽！每天晚上除了幫小孩複習一兩小時的功課，其他都是我自由的時間啊！所以回來是沒關係的。不管老爺還是夫人，都沒有把我當僕人看待呀！」母親聽了兒子的話雖半信半疑，但因愛子心切，也就不想特別責備他。只有在他待得太晚，玩到父親快下班回家時，才會不捨地催促：「你該回去了吧！」這時，春之助只好不情不願地離開。他走後，母親總會特別叮嚀阿幸：「哥哥回來的事，千萬不能告訴爸爸喔！」

私底下春之助也很清楚母親的疼愛；明明知情，卻不責難，因此對她更加感激，放學後也就愈發頻繁地繞到藥研堀的家去了。每每回到小舟町，都已經五、六點了。

「就猜到你今天會來，先做好了年糕紅豆湯喔！趕快吃吧！」

偶爾母親會這樣說。後來常爲他準備茶食點心，盼著他來。對春之助來說，能自在地享用這些，快樂之情，莫此爲甚。所以每當回家玩，就會回復小兒本性，向母親撒嬌地說：「媽，後天我來的時候，要先把紅豆煮好喔！」或是：「要做麵疙瘩湯給我吃喔！」不過還是有沒辦法回來，直接從學校回小舟町去的時候。那時，每到下午三點就會飢腸轆轆，有如餓死鬼一般貪饞。主人家也有茶點時間，全體家僕都會拿到糕餅糖果之類的東西，但只是象徵性的點綴一下，分量根本無法滿足春之助肚腹和心靈的飢渴。紙包的新杵蜂蜜蛋糕或清壽的金鍔餅只有兩塊，春之助接過來，捨不得立刻吃光，每次都從最角落一點一點地挖下來慢慢品嘗，不過還是一下就吃完了。被挑起的食欲無奈地中途受阻，更是讓他飢渴莫名。春之助常忍不住偷瞄那兩個受他監督的小鬼。他們趴臥在裡面的房間裡，大口享用餅乾水果，高興吃多少就吃多少，眞是羨慕的不得了。阿鈴每天和他同樣時刻出門上學，但是，就讀女學校的她便當菜色和自己的卻有天壤之別。雖然假裝沒注意，但其實一直很在意。某次發現阿鈴剩下的飯菜不知何故被裝進自己的便當盒。那天到學校後，明明離午餐時間還很久，卻一直等不及想吃。對食物的貪欲，常常一整天支配著他的腦子，有時還會嚴重到無心工作或其他的事。某天晚上經過廚房時，瞄到西式餐盤裝著令人口水直流的烤雞。阿辰正背對著他使用菜刀，他便以迅雷不及掩耳的速度捏了一塊雞肉塞進嘴巴，然後立刻逃回書生房。時間掐得剛好，並沒有人看見，自然也就沒被責罵。

隨著日子的流逝，春之助也逐漸忘卻外出工作的悲哀，適應了新的生活。上學時總是被讚賞，回到家有母親的款待，主人家回晚了也沒人責怪，偶爾做點下流的事，周圍的人都不會注意。時間久了，便產生一種安心感，覺得自己永遠都不會露出馬腳。甚至自己的一切行爲，無論善惡都是老天允許的，因此，就算任性一點也不會墮落下去。天才不管走到哪裡都會有幸運相伴。他對自己的幸運就是這樣有恃無恐。

五

春之助知道小舟町的家裡有個境遇比自己可憐的人，就是這家的兒子玄一。吉兵衛自然是不會，繼母阿町表面上也看不出來有虐待他，但不知爲何，玄一對誰始終都戰戰兢兢，看起來怯懦而孤單。自從春之助受雇爲家庭教師，玄一放學後也都在複習功課，鮮少到戶外去玩。沒有一件事敢直接跟母親說，而會先窺探女傭阿久的臉色，再向她小心翼翼地提出。阿久從阿町還在當藝妓時就開始服侍她了，熟知主人夫婦之前的關係，因此，有時權力甚至比主人還大。母親阿町向來只照顧自己生的女兒，也就是姊姊阿鈴。至於玄一，不論是衣服或零用錢，大小事情全由阿久來發落。有時她發起脾氣來斥喝少爺的口吻，幾乎和對待其他女傭無異。

春之助固然覺得玄一可憐，但並不對他懷有強烈的同情心，也欠缺非把他教好不可的俠義之情。不管怎麼教，玄一幾乎都記不住，因此，就算偶爾興起那幫他的念頭，也會爲他駑鈍的程度驚愕，瞬間失去熱心。春之助甚至認爲：「這種人根本沒得救，不要出生還比較幸福。讓他自生自滅才是符合天理的做法。」有了這想法之後，除了盡基本義務，他對玄一並無任何情感上的愛憎。

「憐憫這孩子只是徒勞，責罵他更沒有意義。」春之助這麼想，始終採取冷淡平靜的態度。其實，不只對玄一如此，他對這家裡所有的人都盡可能保持冷靜旁觀。看到女傭中的老大阿久怒罵玄一，作威作福的樣子，或是壞心眼的阿新把自己當書生使喚，也覺得不值得生氣，否則有損自己高潔的品格。他的自我認同就是這麼良好。

有一次，放學後一如往常先到藥研崛去，回來時已接近六點。好巧不巧，一進門就發現廚房的燈已經點上了，三個女傭正忙著準備晚餐，連女主人阿町也在廚房門口指揮。正是大家忙得不可開交之時。

阿町看到他，故意用格外鄭重的口吻說：「瀨川先生，您回來啦！」一邊窺視著他的臉色。春之助先是嚇了一跳，隨即就若無其事地，平靜地回答：「我回來了。」此時，阿鈴啪答啪答地跑過來，向母親使眼色，說：「瀨川先生上學上得好晚啊！人家每天下午兩點就下課了呢！」

「那是當然囉！」阿町接著說：「妳讀的是女學校，中學可沒這麼輕鬆呢！而且瀨川先生跟妳這個懶惰鬼不同，下課後應該還有很多要研究的吧！」

春之助的臉上帶著淡淡的冷笑，完全無視這兩人的對話，就逕自回房間去了。他想：「要是覺得我回自己家的行爲不對，大可以提出來攻擊，我自會有所解釋。旁敲側擊的做法，別想讓我回應。你們這些不入流的傢伙，要挖苦要嘲諷悉聽尊便，但我才沒那閒功夫放在心上呢！」想到從阿町到女傭都只敢在一旁指桑罵槐，不敢對他正面交鋒，就覺得很得意。

「那孩子的個性眞是古怪。整天都在讀書，成績當然好啊！叫他做事一點也不俐落，講話又擺一張臭臉，損他呢他也聽不出來。到底是聰明還是笨蛋，讓人一點都摸不著頭緒。這種小孩爲何評價那麼高呢？也不知道老爺是在跟人家湊什麼熱鬧……」

阿町常和女傭們在背地裡說春之助的壞話。在她們看來，與其說他是神童，不如說和玄一半斤八兩，都是少一根筋，老是在狀況外的笨蛋。每當家裡有好玩的事，所有人都笑得東倒西歪時，只有春之助和玄一遲鈍地愣在一旁。之前別館隔壁兩三間的房子發生火災，本店的童僕和工匠們都緊張得忙進忙出。連發生這樣讓衆人騷動的事，他們依然毫無所覺地在房裡複習功課。那時阿町刻意提高嗓門，故做驚訝地嚷嚷：「那兩個人眞是一對寶，也未免太勇敢了吧！」

聽了夫人的話，阿久也忿恨不平地附和：「那個少根筋的，據說在學校是個優等生呢！不是很奇怪嗎？其實啊，我們家小姐敏捷俐落，不知比他聰明多少倍呀！」

阿新一如往常，一副還是我最懂的樣子，插嘴說：「唉，我說阿久啊！學校成績這種東西是靠不住的。那些被老師稱讚是乖小孩的，出了社會大部分都沒什麼用。你等著看吧！」

這種時候，只有在一旁打雜的阿辰不會加入說壞話大隊。第一次來到這家的廚房時，春之助覺得眼神看來最險惡的是阿辰，還暗自提防了她好一陣子。但相處之後才發現她是三人中本質又好、個性又實在的人。阿辰的體態肥胖，看起來很老實，腦袋也不大靈光。兩個月前才受雇來煮飯，家裡其他的事一概輪不到她管，因此很自然地受到另外兩人的輕視。每當廚房出了什麼差錯，阿久和阿新就會把責任往她身上推。阿辰時常委屈不甘地暗自飲泣。

因此一找到機會，她就會向春之助抱怨，有時也會給他忠告，像是：「喂！瀨川先生。你看這裡的人，怎麼都那麼壞心眼呀！老爺怎樣我是不知道啦，但從夫人到阿久阿新，沒有一個不是本性扭曲，只會使壞的人。他們眞的很可怕呀！而且你看怎麼著，竟聯合起來欺負乖巧的少爺。這樣不是搞不清誰是主人，誰是僕人了嗎？像我這種人，明天就可以不幹，所以也無所謂啦！但少爺實在太可憐了，不是嗎？喂！我說瀨川先生啊！你一定要好好傳授少爺學問，讓他成爲有用的人喔！」每次都這樣喋喋不休。她認眞的態度，說是可憐嗎？其實春之助只感到囉嗦和麻煩，因此總是「嗯，嗯」地隨便敷衍她幾句。

每次阿辰來哭訴，都會讓他心生嫌惡，覺得聽這些狗屁倒灶的事有損自己的品格，火氣也就上來了。他在心裡犯嘀咕：「妳也是笨蛋一個。我才沒有那種低級的慈悲心可以拿來同情你呢！在我眼裡，你和阿久甚至夫人阿町都一樣，既可悲又低級。」

倒是駑鈍的玄一，很柔順地遵從春之助的指示，每天必定專心坐在書桌前，讀上兩三小時的書。有時阿久嚇唬他：「少爺啊！你不好好讀書不行喔！要是再不及格，就會被送去做小工囉！」討厭的學問固然讓玄一頭昏腦脹，但阿久的恐嚇才更讓他痛苦難當。相反地，姊姊阿鈴打從一開始就瞧不起春之助。雖然和弟弟一起複習，但很少乖乖向他請教，每次都獨自快速帶過，半小時不到就擅自離席。學校的功課以外，她還學長唄和古琴，每隔一日就有老師到府授課。驕傲任性的她會說：「我和阿玄不同，可是忙得很呢！但就算這麼忙，學校的功課還是很好。我哪有閒功夫陪弟弟複習啊？而且更輪不到你來監督。」只有偶爾遇到難題，又沒辦法自己解決時，才會心不甘情不願地來找他幫忙。有時爲了刁難他，故意提出棘手的問題。但春之助都氣度恢弘地應對這個心高氣傲的女孩，不跟她一般見識。即便一眼就看穿她不懷好意，只是要讓自己難堪，卻每每好整以暇地靜候提問，當下就提出清楚明白的解釋。對春之助來說，能證明自己神童的美譽不是浪得虛名，比什麼事都更痛快。阿鈴常把他當作箭靶，射來五花八門的問題。但只要不是愚蠢至極、毫無常識，他都沒有回答不出來的時候。無論英語、數學、地理或歷史，問題一次比一次多樣化，而他的解釋卻能縱橫古今，旁徵博引，廣博的知識與厚實的內涵，幾乎深不可測。「我還連這些都記得呢！」他忍不住私心讚嘆自己天神般強大的記憶力。每當輕鬆解釋完畢，就會看看阿鈴的臉。雖力圖表現平淡，仍不免露出得意的神色，彷彿在說：「怎麼樣？知道我的厲害了吧？妳算是相當聰明的女孩啦！只不過大我一歲，就自以爲是有智慧的大人了嗎？但我和一般的小孩可大不相同。所以你別再自以爲是了，快向我投降吧！這樣妳會變得比現在更聰明喔！」

阿鈴爲自己的計謀未能得逞而氣惱，同時也驚嘆春之助竟然博學到不可思議的程度。這種感覺與日俱增，對他的敬佩之情也就變得更濃厚了。其實她早就察覺到春之助在教自己時比教弟弟更有熱忱，言談間也透漏出孺子可教的意思。爲了讓他了解自己確實比弟弟聰明，才頻頻故意在玄一面前用艱深的問題刁難他。久而久之，師生情誼在不言之中產生了。有一次，阿鈴把向春之助學到的東西第二天拿去問女學校的老師，卻得到不同的回答。阿鈴告訴春之助此事，並和他爭辯了起來。

「應該是老師弄錯了，妳明天再到學校問問看。」

春之助嚴厲地說。雖然阿鈴有點討厭他那不服輸的樣子，但隔天還是去向老師確認。沒想到正是春之助料想的結果。

當晚春之助問她：「怎麼樣？老師說什麼？」阿鈴卻睜著眼睛說瞎話：

「老師說他講的才對，是瀨川先生弄錯了唷！」但打那時起她就更佩服春之助，也更信賴他了。

不久，那年的七月到了，三個少年各自從學校拿到期末考成績。不用說也知道，春之助又摘下全年級首席之冠，神童的美譽更勝以往，還被大肆宣揚爲該校前所未見、破天荒的資優生。當時他的頭腦已精進到高中程度，考試也幾乎不需要準備了。學校功課太輕鬆了，於是，四月左右就開始認眞自學德語，目前程度已經能一邊查字典一邊讀雷克拉姆出版社的經典讀物了。熟讀英譯的柏拉圖全集後，春之助受到極大的啓發，便急著用原文閱讀叔本華的思想。就這樣，他的興趣更傾向哲學領域，也漸漸走向深奧的唯心論理路。他認爲「比起生活，懷疑要先行。與其實踐，領悟更重要。」於是徹底打破小學時代開始的曖昧的人生觀，將善、惡、神、魔全數否定；認爲要在充分質疑、苦惱後，才能如古代聖賢般大徹大悟。他在內心不斷鞭策自己，意識到「眼下的自己既非善人亦非惡人，不確信能否教導他人道德，也欠缺譴責別人不道德的權威，因而懷疑這樣的自己能否成聖？」當他注意到這一點，就感覺後面好像有人在對他窮追不捨似地，於是開始徹夜苦讀冥想。

姊姊阿鈴的成績在全年級中排名第五，表現相當優異。

「阿鈴啊！妳能得到這麼好的成績，都是瀨川先生的功勞，要好好謝謝他幫妳複習喔！」

母親特地把女兒叫來向春之助行禮致謝。第一次，這個小小的家庭教師得到阿町夫人的認同，還用充滿感激的語調向他致謝。

在阿鈴之後被叫進來的是玄一，此時他已緊張得血氣盡失，抬起憂心的臉，怯懦地窺探繼母的表情，然後恭謹地坐下。母親說：

「玄一，你究竟是怎麼回事啊？成績這麼差。」她斜眼瞪著玄一，看來既苛薄又險惡。玄一不知如何回答，垂頭喪氣地的聽著。雖然比不上另外兩人，但過去總是敬陪末座的他，這次好不容易爬到倒數第三名，就算稍微鼓勵他一下也不為過。然而，阿町卻一點也不能接受這種成績。

「……究竟爸爸為何請瀨川先生來當家教呢？還不都是為了你嗎？他說姊姊的成績還可以，沒什麼好擔心的，但你實在是太差了，才拜託瀨川先生的不是嗎？可是你卻一點也不努力，至少拿個還能看的成績回來嘛……你這副德性，自己不痛不癢的，但我們可是丟臉丟到家了呀！而且別人還會誤以為是瀨川先生教不好呢！當然，我是不會這樣想的，你看看姊姊，就是因為有瀨川先生的幫忙成績才這麼好。假如本人不努力，旁人再用心都沒有效。爸爸後來應該會找你談吧！所以我就什麼都不說了。不過，要是你心裡一點也不覺得對不起爸爸，那我可就頭痛了。」

話說阿久雖然時常對玄一惡言相向，但繼母阿町這麼嚴厲的責罵還是第一次。那天晚上他再度被叫到雙親面前，向來對孩子不曾動怒，甚至連眉毛都不皺一下的吉兵衛，這次也破例語含怒氣，激動地說：「你還想留級嗎？再不努力怎麼行？」玄一雖然單純也不禁猜想：「搞不好父親是受到繼母的壓力，才假裝對我生氣的。」

母親接著話尾說：「所以呢，玄一呀！剛剛也跟爸爸商量過了，接下來就是暑假，每天早上八點到十二點的四個小時，你務必要好好複習功課，懂嗎？」表面上說和父親商量過，但這一定是阿町出的主意吧！不管玄一成績有多差，七八月的盛暑，要他每天讀四小時的書，實在失之苛刻。如此一來，學校放暑假不就全然沒意義了嗎？更何況，他決不是怠惰的孩子，就小學生來說，甚至已經花太長時間在功課上了。怪也只能怪他天資駑鈍，才會怎麼讀都沒效果。所以與其要求這種孩子做學問，不如鼓勵他去運動，或參加快活的戶外遊戲，對精神的發展比較好。同樣並列席間的春之助這麼想著，暗自譴責阿町太過分了。首先，他不了解吉兵衛究竟是什麼心態？怎能放任阿町如此虐待自己的兒子？不管多迷戀妻子，也不能讓她恣意妄爲到這種地步啊！不過，春之助想歸想，卻也沒有勇氣挺身爲玄一辯護。接著，阿久又從旁插嘴說：

「正是這樣。少爺不奮發圖強是不行的呀！以後我一定會從旁注意，假如少爺不遵守瀨川先生的指示，就會馬上稟告老爺。也要拜託瀨川先生，要是發生你無法處理的情況，不要顧慮，明白說出來。」

阿町也立刻接棒：「確實如此，瀨川先生。千萬不要想這是主人的小孩，不合身分什麼的。一定要嚴厲教訓他，讓他從內心深處了解事情的嚴重性才行。您和學校的老師是一樣的，有必要的話儘管處罰。」

「遵命。」

春之助兩手伏地，恭敬地笑著回答。一直以來都瞧不起他的阿町和阿久，如今不但了解了他的實力，還賦予他家庭教師的尊榮和權威。這個事實突然滿足了他的虛榮心，給他帶來由衷的喜悅。過去覺得這夫人是一無可取的小人，如今，看她懇切地拜託自己，這比起被學校的老師稱讚，更讓他喜悅光榮。於是對玄一的憐憫之情，就在瞬間消失無蹤了。

長長的暑假到了，放學時無法先繞去藥研崛的家晃一晃，讓春之助感到有些痛苦。但每隔十天，他總會找個藉口，像是：「我要到上野圖書館查資料，半天就回來。」然後回去探望母親一次。而且他對食物的饕餮也變得越來越強。每天都會想吃羊羹，想吃車輪餅或紅豆餅，聞到牛肉的香味就忍耐不了。因此常省下去圖書館的電車費，偷偷到附近攤子上買東西吃。後來幾乎到了每晚都忍不住這樣做的程度。有時他也會突然警醒，嚴厲地訓斥自己：「啊！我怎麼變成這麼下流的人了？爲何會有如此低賤的行爲呢？從明晚開始一定要戒掉才行。」但隔天晚上一到，又不可思議地無法克制自己，從後門溜出去，把餅乾糖果往懷裡一塞，再十萬火急地衝回來。在進門前就囫圇吞個精光，裝作一副若無其事的樣子。他雖然有這個毛病，但對夫人囑咐的任務，倒是很忠實地執行著。每天上午的四小時，對授課者來講也是相當吃重的工作。而且春之助對玄一的指導不再像以往那樣冷淡，變得非常熱切積極。

他說：「玄一啊！這麼點東西，你怎麼都記不住呢？我不是已經教你五、六遍了嗎？要是忘了，就等你給我想出來爲止。你再繼續恍神發呆，考試又會不及格喔！」他不耐地敲著桌子，刻意提高嗓門羞辱他，故意要讓裡面房間的夫人聽到。每當這種時候，阿町就會說些慰勞他的話：「喂！你們看，最近瀨川先生多熱心啊！這麼認眞教，但是卻一點反應也沒有，讓我們在一旁看得乾著急呢！」

下課後阿久問他：「瀨川先生，最近夫人一直說你可不是普通地認眞呢！我們在後面聽了，也覺得你實在是盡心盡力，要是少爺還是不努力，就該天打雷劈了。怎麼樣？你這麼賣力，他到底有沒有學進去啊？」

被阿久一問，春之助也露出疲累的神情，擦了擦額頭的汗，一半辯解，一半附和地說：「玄一的記性眞是差到讓我無言以對啊！有夫人特意的吩咐，所以我也盡全力幫忙，但講得嘴巴都酸了，該罵的也罵了，他還是一點都沒聽進去似的。」

不知是錯覺或怎樣，阿町對他的態度開始越來越和善，連從給他點心的次數上也看得見用心，有時一天還給兩到三次。午飯尚未吃完，就送上香蕉或水蜜桃說：「天氣熱成這樣，瀨川先生還拚命地教，一定口渴了吧！」有時夜深了，會拿天婦羅蕎麥麵過來慰勞他：「這麼晚還在唸書，肚子一定餓了吧！爲了玄一，你白天的時間都報銷了，難怪需要夜讀。」至今除了紅豆湯和車輪餅，並沒吃過什麼好東西的春之助，拜夫人之賜，嘗到了不少昂貴又洋派的食物。某日，阿久說：「這冰淇淋是太太剩下來的，拿去吃吃看吧！」原以爲冰淇淋和藥研崛廟會上賣的一杯五厘錢的冰水是一樣的東西，從杯裡挖起一湯匙滑順流動的物體放口中時，沒想到竟會入口即化，甜蜜的滋味令他驚豔。有時他的晚膳旁放了一個茶碗蒸，說：「這也是夫人剩下的。」碗裡是春之助最愛的濃稠雞蛋，那滑溜的樣子，令他口水直流。碗底滿滿都是海鰻、慈菇和魚板等配料，當他用筷子一一夾起，和著蛋汁送入嘴裡時，不禁爲這美味的力量恍惚了起來，捨不得一口嚥下去。不知怎會有人有如此高明的廚藝，打出生以來都沒吃過這麼美妙的雞蛋料理。煎蛋捲或歐姆蛋哪能和這高檔的茶碗蒸比啊！他禁不住地想：「主人夫婦每晚享用這些精緻的食物，眞是太幸福了。好羨慕喔！這樣的生活一個月究竟要花多少錢啊？能夠輕鬆支付龐大生活費的當家主人，到底收入有多少？」

後來，能得到「夫人剩下」的東西，變成春之助莫大的樂趣，每到晚餐時分，就會暗自期待。而偶爾期待落空，便會感到萬分失望。

至於阿鈴，每天早上功課複習完畢以後，仍會坐在兩人旁邊的書桌前假裝讀書，其實是在看熱鬧，想欣賞玄一挨罵的場景。她時常和春之助兩兩相望，交換著嘲弄的微笑。

每當玄一回答不出來，春之助就會大聲斥責他，連不堪入耳的話也說得很順口。最後都會看向姊姊，問道：「鈴子，這個字妳認得吧！」

姊姊立刻回答：「嗯，認得啊！這個字常出現在尋常科的讀本裡。」

「你看，姊姊記得這麼清楚耶！」

「那是理所當然的啊！不只是我，任何能從尋常科畢業的人，一定都認識這個字。不知道的只有玄一一個人而已啦！」

「就是說嘛！我的責罵對玄一一點用都沒有。鈴子，妳不說說他，我可就傷腦筋了！喂，玄一！被姊姊這樣說，你一點都不覺得丟臉嗎？」

就這樣，兩人一搭一唱，對他極盡揶揄嘲諷之能事。終於，玄一忍不住抽抽噎噎地哭了起來。

「唉呀呀！還哭了哩！我說玄一呀，你在傷心個什麼勁兒呢？」這時鈴子還乘勝追擊地恥笑他。

春之助又說：「鈴子，不要管他，要哭就讓他哭個夠，就是因爲這麼沒骨氣，才什麼都學不會。」兩人的炮火交相攻擊，讓他哭得整張臉都扭曲了起來。平時表情平淡遲鈍，醒著睡著都讓人分不清楚的臉，突然變得奇形怪狀，鼻孔和嘴唇的周圍整個鼓脹起來。看到他悲慘地淚如雨下，春之助不禁興起一種快感。他漫然地想像：「只有天才才能理解世人所有的心理。古代那些被稱爲暴君的人，應該是對這種快感有強烈需求的人吧！」

他對玄一的態度，不知何時開始變得比阿町和阿鈴還殘暴；春之助成了一個更大的迫害者了。每當看到他呆滯的眼神，就會莫名地火冒三丈，非虐待他不可的邪惡念頭不斷從各個空隙冒出來，充斥在他胸中。某天早晨，玄一一如往常又忘記了，低著頭吐不出一個字。突然間，一股無法克制的厭憎衝上春之助的腦門，他大叫一聲「笨蛋」，衝過去一拳使勁打在這可憐孩子的太陽穴上。玄一「啊」地慘叫一聲，原本死寂鐵青的臉，瞬間充滿了活力，眼睛鼻子都脹滿血氣，彷彿活了過來。這是他第一次這麼有元氣地放聲大哭。老早就盤算要盡情揍他一頓的春之助，想像挨了打的玄一會是什麼表情？此時，像是宿願得償般，渾然忘我地盯著玄一的臉。過了好一會兒，哭聲都沒停止。

「少爺，你怎麼哭成這樣？再哭下去，又要被媽媽罵囉！」阿久衝進書生房，提高嗓門罵他。想到該不會傳進老爺耳裡了吧？連春之助也不禁害怕起來，瞬間露出狼狽的神色。

此時，像是爲春之助辯護的阿鈴說：「嗯，是這樣的。是因爲阿玄太懶惰了，瀨川先生才會打他罵他的。是自己的錯還敢哭？哭也沒用啦！」

阿久聽了更氣玄一，凶狠地瞪著他說：「閉嘴！少爺，這就是你的不對了，不知母親知道了會怎麼罵你唷！」

這件事過後，春之助暴虐的行徑更是越演越烈。原本一個小小的家庭教師，因爲玄一的緣故，變成了一個小小的暴君。其實他自己也百思不解，爲何會對那可憐的少年痛恨到如此程度。姊姊阿鈴既驕傲又陰險，相對地，弟弟玄一卻低能而膽怯。他發現要對愚笨的人發火，確實比對惡劣的人容易多了。看到阿鈴那老成又惡劣的行爲，春之助感受到的毋寧是一種不可思議的共鳴，卻完全沒有嫌惡之情。但是，對玄一的厭憎卻隨著日子的腳步，往更極端的方向邁進；每天不虐待他或至少弄哭他一遍，自己的樂趣就減少了似的。

有一天晚上，春之助在廚房被阿辰逮住了。阿辰這樣勸諫他：「瀨川先生，你最近爲什麼要把少爺欺負成那樣呢？很可憐不是嗎？」

「這哪是欺負？要是不嚴厲一點，他就不努力嘛！我也覺得他很可憐啊！但我是爲了他的未來著想，才會故意這麼做。我相信以後玄一一定會了解我的苦心的。其實我的立場也很辛苦，這一點阿辰你也了解的不是嗎？」

「瀨川先生，話不是這樣說的，不管再怎麼嚴格，都不能毆打主人的孩子呀！我沒什麼知識，偉大的理論我是不懂啦！但連我這樣的人都知道那些行爲已經超過限度，不合道理了呀！」

這些話正中春之助的要害，讓他憤恨難消，很想咒罵她：「妳這沒知識的下女，在那邊自以爲是個什麼勁？」但也只能勉強笑笑，簡單地帶過：「唉，我自有想法，妳在一旁看著就好，不要講話。」不料阿辰的眼睛突然射出光芒，嘲諷地說：「還能有什麼想法？不都是別人指使的。我說瀨川先生，本來我覺得這裡只有你是好人，不像她們全都那麼邪惡變態。但這陣子你完全變了樣；竟然當起夫人和阿久的手下，聯合起來欺負少爺。這樣有什麼意義呢？你聰明歸聰明，但畢竟還是小孩子，身邊圍繞的都是壞蛋，就會在不知不覺中被他們帶壞。」

春之助原本從頭到尾都想嘻嘻哈哈地矇混過去，不料聽到最後一句，竟讓他啞口無言，只能用乞求憐憫的眼光仰望著阿辰。一個愚蠢的鄉下煮飯婆，有時也會很自然地吐露出有權威的話語。想到這裡，不禁覺得那晚上阿辰的眼光比學校老師的還可怕。

四、五天後不知爲了什麼事，阿新告了阿辰的狀，害阿辰被夫人痛罵一頓。此時，阿辰似乎忘了之前和春之助的不愉快，跑來向他訴苦：「阿久是我們裡面最早來的，要囂張也沒辦法，最可惡的還是阿新，小小年紀卻自以爲了不起，又狡猾又會拍主人馬屁。怎麼會有這麼壞的人哪？眞不知道那傢伙以後會幹出什麼壞事來。」

她一邊向春之助索求同情，一邊像往常那樣氣惱不甘心地哭著。當天晚上阿辰偷偷把行李收拾好，隔天一早就一聲不響地跑了。

阿新被命令在下一個接替的女傭來之前要做三天的飯，這差事非常辛苦，因此一直抱怨：「阿辰那女人眞是糟透了。誰想要那土包子待在這裡啊！但就算要走，也該說一聲再走，不是嗎？」

春之助卻尖牙俐嘴地回答：「有啊！阿辰可是說了你很多壞話才走的喔！那種鄉

下人全是笨蛋來著，很麻煩呢！」說完就笑了。

六

久松學校的校長對於自己掛保證，斡旋到井上家去的神童表現如何，始終很感興趣，也覺得是自己的責任，因此，常來小舟町拜訪，問道：「那孩子怎麼樣？還跟往常一樣認眞讀書嗎？託您的福，中學那邊的成績也相當好。」

吉兵衛的回答很簡單，與尋常並無兩樣。「嗯，他幫我家小孩很多，我太太也很滿意。」

像是在誇獎自家孩子般，校長得意地說：「那太好了！不過，我只擔心一點，就是他身體比較弱。請務必告訴他：讀書很重要沒錯，但更要愛惜健康，好好運動才行。只要有健康的體魄，以後一定會出人頭地。」

隔年的正月春節，欽三郎帶春之助到校長家拜年，表達感謝之意。校長自然是滿意又開心，還不斷鼓勵他：「聽說你在學校的風評越來越好，這讓我比什麼都滿足，都光彩。希望你今後也好好努力，切勿心有旁騖，未來才會成功。我已經向你父親保證你的未來了，繼續加油吧！」不久，就到了三月的期末考。他再度以空前的高分獲得第一名，升上中學二年級。校長當然更有面子了。公布成績的那天，主任站在講台上讚嘆：

「這次的第一名也是瀨川，平均九十八分，是本校創校以來最好的成績。所謂『游刃有餘』，指的就是他。」當時滿場的學生都瞪大了眼睛，一同回頭看他。

那時，春之助心上的大石頭才終於落了地。如作夢一般，感到飄飄然的喜悅。其實他自去年秋天起就完全忽視學校的功課，教科書的內容連一遍也沒看過。上課時會趁老師不注意時，打開哲學的書，或沉浸在德語的自修上。終於，考試的前一晚到了。心裡有點掛念，才稍微複習了一下地理與博物學課本，發現大部分內容都忘記了，一時間感到狼狽不堪。數學的四則運用，也因太過輕忽，有一題計算錯誤。總之，這次考試他已失去了獲得高分的確信。再怎麼偏袒自己，恐怕也無法維持第一名的美譽了。「儘管只退步一名，也無法預料久松校長會是什麼表情？而父親又會怎麼說呢？」想到這裡他就坐立難安，臉上像要冒出火一樣，羞恥萬分。但非常意外地，成績竟然比上學期還要優異。事實上，地理和博物學都有些地方忘了，但看了閱卷成績，卻高達九十七分。而且，明明有錯誤的數學，也不可思議地獲得滿分。這恐怕是因為老師平日就被春之助煥發的才氣迷惑，產生一種催眠作用，認爲他的答案都是最完美的。

「世上竟有這樣順利的事！我實在太幸運了。」

春之助禁不住內心私語。再次相信無論發生什麼事，最終都會順心如意。「久松校長、井上家主人或是中學老師，世間的人都太大意了。所以，不管我做什麼事都不必擔心會失去他們的信任。因爲我先天就被允許擁有全部的自由。也就是說，像我這樣的天才，即使我行我素，最後依然會成爲偉大的人物。」當思緒走到這裡，突然間，他想起有個眼睛雪亮的人是唯一的例外；就是煮飯婆阿辰那個土包子。她不但看透了春之助的敗德，還不留情面地攻擊他。當全世界都視春之助爲神童而交相稱讚時，只有那個沒知識的鄉下女傭撕開他的假面。這個事實讓春之助體認到世間的矛盾與荒謬。好啊，那我們就來看看她會有怎樣的命運吧！傲慢的下女竟敢痛罵我這樣偉大的天才。我就不信她能有什麼好下場。瞧！她不是受不了衆人的霸凌，逃出主人家了嗎？「誰敢與你爲敵，都會淒慘落魄。」春之助的耳邊不知何處傳來這樣的聲音。

這一次，玄一終於幸運免除了留級的命運。若是一般小孩，已到了上中學的年紀，但校長建議還是不要太勉強比較好，因此，決定讓他讀完高等四年就不再升學。

「瀨川先生，託您的福，我及格了。非常感謝！」

這天，他來到春之助面前，恭敬地道謝。這是母親的命令。而吉兵衛看起來也非常高興，笑臉盈盈地慰勞他這個家庭教師，說：

「要好好向瀨川先生道謝喔！爲了讓你及格，他不知花了多少心血，多麼辛苦呢！」

春之助反躬自省，根本沒有爲玄一做過什麼。忘記了就罵他，答錯了就打他；只有殘虐兩字可說。把恩人的孩子弄哭，搞得他又哭又叫的，而自己只不過在一旁取樂而已。卻完全沒想到冷酷的鞭笞奏效，讓玄一得到了相對好一點的成績。也因表現出認眞教學的樣子，得到主人的衷心感謝。至此，他再度相信自己有著上天的眷顧，同時也覺得這世界眞是莫名其妙。

「世界是無理的，而我是天才。」

他在心中重複這樣的格言。

主人夫婦越來越信任自己，和這家的千金阿鈴建立了友好的關係，阿久和阿新也變得很禮遇他。特別是阿町夫人，對他的寵愛更是過度；就像是在對待忠僕一般。在孩子面前稱呼春之助時，都會加上「先生」二字，後來常捨去先生的稱呼，直接「瀨川瀨川」地叫，也開始交辦他各種工作。例如，每到月底就叫他跑銀行，存提偷藏的私房錢。名下兩三棟房子的房租催繳，也是他的工作。其他像是瞞著丈夫私下往來的金錢物品，戒指、寶石、髮簪的變現和採購，向和服店訂購貴得眼珠都要飛出來的豪奢衣物，和藝妓時代的姊妹淘——現在已是老闆娘級人物——之間的禮尚往來等等。像這樣，凡是背地裡的骯髒事，不知何時開始，全都指定春之助去辦理。小小的家庭教師當然知道被僕人使喚是種侮辱，但因爲每三次就有一次會得到某種形式的報酬，那甜美的滋味讓他陶醉，自然就毫無不悅之意了。對夫人來說只是一點施捨，但對春之助而言，卻不知有多開心、多感激呢！

「瀨川，這是要給你的，收下吧！」

每當夫人伸出她象牙般的柔荑，把充滿溫情的禮物放在瀨川掌心上的時候，他都會感到受寵若驚，聽見自己心跳如雷。有時，用紙包著三四個入口即化的美味泡芙，有時，拿給他五十錢做謝禮，還說：「這只是一點意思。」上述情況只是比較普通的，偶爾，還會做給他上好的毛料和服褲，或買高級襯衫送他。某次學校到鎌倉遠足，夫人給了他兩圓零用錢，還送他鎳製的懷錶，那時的喜悅感動至今仍難以忘懷。他有時甚至會興起下流的念頭，認爲「只要是爲了這個夫人，不管什麼壞事，都能替她去幹。」

就某種意義而言，春之助對夫人變得比阿久更重要了。女傭們也不得不敬他三分。因此，給人做僕的悲哀，轉化成樂在其中的事，讓春之助不再如以往那樣思念藥研崛的家。偶爾回去，也會不自覺地拿來和小舟町做比較。落魄窮酸的雙親，乾澀無味的生活都讓他不耐，因此，就算回去也不大待得住，一下子就想離開了。

「這個家多麼寂寥，多沒有活力呀！自己生活在這毫無美感的氣氛裡面，竟然直到去年爲止都不曾感到不滿意。」

他驚訝地想著。從小舟町來到藥研崛，就像從明亮的花園爬進陰暗的地窖，不愉快的感覺侵襲著他。井上家的廚房，隨時都可聽見阿久和阿新開朗的笑聲。相對地，自家廚房裡只有老邁的母親一人，若非無聊地嘆氣，就是一味地工作。父母臉上看不到一丁點對於享樂的欲求。他們是比井上家女傭更劣等的生物；只是盲目愚鈍活著的人種。而如此的男人和女人，竟然是自己的雙親……。想到這裡，不禁感到驚愕又悲哀。

其實除了玄一這個繼子以外，井上家一年到頭都充滿歡樂。白天，古琴和三味線的師父交替來訪，教授府上千金阿鈴彈奏曲子。到了晚餐時分，便會像餐廳宴會那樣熱鬧。最近，主人吉兵衛常在阿町三味線的伴奏下高唱常磐津歌謠，而夫人則是搭配著阿鈴的江戶長唄跳起舞來；繁華的盛況更勝以往。過去，這家老爺人稱堀留浪蕩子，夫人以前則是知名藝妓，有芳町源之助之譽。當時放蕩不羈的血液，彷彿又在他們夫妻之間甦醒、奔流，近來吉兵衛和阿町常會忘了身分，即便在僕人小孩的面前，也毫無忌憚地耽溺酒色。二樓大廳的氣氛，與其說是宴會廳，更像招妓玩樂的茶室。阿久就別說了，一直以來都裝乖賣傻，故作清純的阿新，也開始發揮善於助興的手腕。某天晚上她被灌醉了，笑得花枝亂顫的，後來突然起身，和著阿久彈的三味線，跳起高砂名謠的舞碼。主人和阿町看了都拍手叫好。後來旁人私下議論：「以前都被那女的騙了，她不可能是普通人家的女兒。你看那舞姿、那身段，真是專業。在鄉下時應該做過藝妓，不然就是待過賣春茶室之類的吧！」

一半為了做生意，一半是來當陪客，進出他家的雜貨店、和服店和骨董商人算準了吃飯時間，頻繁來此交陪作樂。不管有無生意往來，一律在此吃吃喝喝，手舞足蹈。家裡明明這樣熱鬧，卻有兩個人總是被留在書生房裡複習功課。當春之助威嚴地痛斥玄一時，二樓的宴會廳卻傳來眾人取樂調笑的喧譁：誇張的玩笑話、雜沓的腳步聲時常伴隨三味線一起傳過來，有時感覺他們都要玩瘋了。

「他們是多麼開心哪！」

春之助無法不被那熱鬧聲吸引。他一邊嫌惡、憤慨大人那低俗、奢侈、不知饜足又旁若無人的行徑，與此同時，卻也禁不住羨慕之情。矛盾複雜的心境在小小家教的心中翻騰，既覺得他們愚蠢，卻又意外陷入深深的失落裡。他不解自己平時深受夫人疼愛，和小姐的關係也很好，爲何唯獨此時會被完全排除在外？這種不公平的處置令他錯愕。假如說讓小孩隨侍酒席不好，那就應該要讓阿鈴小姐避開才對啊！他憤恨地自言自語：「阿鈴又算什麼？外表成熟，講話傲慢就自以爲是大人了嗎？不過大自己一歲，只有十五而已不是嗎？況且從頭腦來看，我可比她成熟多了。小小年紀就讓她學那些，以後一定會不三不四；她決不可能變成正經的女人的。」

「阿鈴，妳最近都不讀書，只知道玩怎麼行？快來複習吧！」

家庭教師時常瞪著她，提出這樣的忠告。阿鈴卻回嗆：「考試到了我自然會讀，現在的都很簡單，不複習也沒關係。」

「妳敢這樣講，考試到了要是不會，我可不管喔！」

「隨便啦！連我媽媽都說平時不用那麼用功。」

阿鈴聽了無動於衷。

倘若春之助還是固執地要替她擔心，她就會一臉不耐地說：「好啦好啦，謝謝謝謝，我知道了。」

小小家教的臉上盡是祈求憐憫與傾訴寂寞的表情，阿鈴明明全讀出來了，卻擺出一副高高在上的姿態，嘲諷地笑一笑，旋即奔上二樓的宴會廳。在氣憤阿鈴之餘，春之助也很嫉妒阿久與阿新。身分低賤的女傭，卻和主人一起夜夜笙歌，真是不成體統。主人要有主人的樣子，僕人就該像僕人不是嗎？而且特別令他火大的是，每次晚宴開始，女傭就變得像主人的朋友一般，把份內的工作丟給他。一人提議：「嗯，夫人哪！您出了那麼大的聲音，應該口渴了吧？要吃水果嗎？咱們請瀨川先生跑一趟去買回來，怎麼樣？」

夫人聽了當下同意。於是，即便正在授課中，也會立刻被叫到大廳。以為發生什麼重要的事，春之助恭敬地跪在門檻邊兒上，卻見阿久和阿新背對他坐著，傲慢地轉過身來，命令僕人般地說？「喂，你去橫町的水果店買一箱蜜柑回來。喏，錢在這兒，拿去。」說著，便向他丟出一張一圓紙鈔。

春之助害怕惹夫人不悅，因此就算被無禮地對待，也只能乖乖地服從使喚。他暗暗了解夫人法力無邊，能左右吉兵衛的意志，有時甚至會解雇本店的店員。所以只要他吃井上家的飯一天，就萬萬不能惹她生氣，否則下場不知會有多淒慘。同時他也深知若能得到夫人的疼愛，會是多麼幸福的事。不久前自己還那樣受到夫人專寵，現在，卻要和那兩個女傭競爭。想到這裡，實在無法不小心行事。他盼望有一天能奪回夫人的疼愛，並加入競爭者的行列。那麼，不管被命令做什麼事，都只能卑屈地遵從，還得笑著窺伺夫人的臉色。

然而，從夫人到其他飲酒作樂的大人，從頭到尾都因這家庭教師只是個孩子，就不屑把他當作談話對象，更沒有讓他加入，一同享樂的意思。有事叫他做就看重他，一利用完畢就趕回書生房。他只能靠打罵玄一，把氣出在玄一身上，才能稍解憂悶之情。因此在這個家裡，二樓宴會廳瘋狂玩樂的聲音和樓下失火般的嚎啕大哭，經常這樣不協調地此起彼落。

七

到底要等到何時才能被當作大人看待呢？除了體格比他大以外，春之助眼中的大人根本看不出哪裡比他優秀，卻擁有特權，可以任性地吃喝玩樂。他們過著奢侈安逸的生活，開著不合分寸的玩笑。一般禁止少年的事，例如，這個會有墮落的危險，那個會有奢侈的嫌疑，卻允許大人去做。眞不知是爲了什麼？

近來，春之助特別被他們的服裝所吸引。這些名為大人的，即便身分低微，大致上也都擁有一兩套絲質衣物。從出入的商人，到本店的工頭或夥計，平日就備妥了絲棉短外套啦，絲織棉襖啦，不然，至少也是抽蠶絲的正裝，而且一有機會就打扮好，上街去。只不過是一件短外套，價格竟然比春之助中學的制服還要高。學生們身穿土氣的久留米絣，也就是藍色白花紋的窄袖棉衣，腰繫全黑的毛質腰帶，下半身再套上一條短不啦磯的小倉褲。相形之下，大人連尋常日子的服裝都比春之助的有美感有品味。像是在鐵青色無花紋或素雅豎條紋的有領短外掛外面，穿上同調性的條紋厚棉襖。腰上綁著獻上柄花樣的腰帶，外面再繫著黑色粗格子的工作圍裙。看起來豪邁、俐落又整齊。換做學生制服，不管本人長相美醜，穿了都一樣難看。再來，他們插在腰帶間的菸草盒，乃至直木紋的木屐底座，或是木屐帶子用的花樣，身上配戴的小飾物，很多也都出乎意料地貴重，像是獨具匠心的藝術品，色調和服裝極為相襯，每每讓春之助大開眼界。因為這樣的緣故，不管心裡有多瞧不起大人，也不得不承認他們的確有物質條件的優勢；在他們外表的壓迫之下，顯得自己才是卑屈猥瑣的那個，便不由得自慚形穢起來。

其他人尚且如此，吉兵衛、阿町或阿鈴就更不用說了。他們奢侈的程度，強烈刺激著他的欲望。每晚沐浴後，吉兵衛都會披上一件華麗的弁慶縞圖案睡袍，那雖然是用夫人藝妓時代穿舊的家居服重製而成的，但他隨意披在身上，一邊喝酒，盤腿而坐的樣子，看起來實在很瀟灑。高雅的光芒從蠶絲面料深處透出來，加上燈光的烘托，更顯出高尚華麗。春之助心想：要是有一天自己也能穿穿看就好了。其他，像是說：唉呀，我要去賞花、我要去看戲的夫人和小姐，每次出門必定盛裝打扮。身上的衣飾行頭，那一樣不是貴重精品，美得令人驚心動魄？平時連選購一件浴衣、一雙足袋，都經過仔細的考慮，嚴格的品評。他們知道怎樣的線條、形狀與色彩最能映襯自己的容貌與身材。凡是他們柔美的手足穿戴過的配件，不管腰帶也好，襯領也罷，甚至戒指或外套的紐帶，瞬間都會開始相互爭妍，產生不可思議的魅力。有時像是低調外出的貴婦人，有時又像到郊外走走的藝妓或清倌兒，他們深知如何因應場合，巧妙搭配不同飾品，以散發多變的情調。

「這產品最近很流行喔！夫人您覺得怎麼樣？」

進出的商人說。接著，就開始向她推銷各種產品。春之助對此話題很感興趣，認眞聽了起來。阿久和阿新也在商人的甜言蜜語下，忍不住一直撥弄綢緞的料子，還仔細品評說：「哇！怎麼這麼好看呀！這花樣眞有氣質呢！夫人您一定很適合。」春之助豎起耳朵，遠遠地打量這樣的光景。於是，訂製一條緞子的女用寬幅和服腰帶多少錢，做一套衣服的布料時價大約如何，都在不經意之間記住了，也沒忽略阿町這個月買了八十圓的戒指，而阿鈴買了珍珠項鍊的事。

商人除了推銷，也很有閒聊、八卦的本領。社會上發生的大小事情，隨意信手拈來，都能說得妙趣橫生。他們伺候在主人夫婦身邊，更不忘討好女傭，或跟她們撒嬌賣乖。有時來此爆料花柳界的祕辛，或是哪個演員在外面的風評。那好整以暇，慢條斯理的風度讓人神往，連在暗地裡的春之助聽了，也不禁陷入話題之中，有時還跟著笑出來。那些深諳話術，每天來往於有錢大客戶或藝妓之家的人懂得談笑風生，所以大受女人和小孩的歡迎。和家庭教師乾燥無味的生活比起來，他們的際遇眞是愉快。而且這些人每月還有相當豐碩的收入。每當狂言的節目更換時就去看戲，想要時髦的衣服穿時就跑去買。或許，如此快樂、安穩地過日子才眞正像個人，才是幸福的人生吧！與其像春之助這樣終日伏案苦讀哲學，孜孜不倦地鑽研學問，倒不如聽那些人聊聊服飾話題更覺溫暖，也讓他對世間產生了愛的執著。他發現至今爲止，自己都離現實世界太遠，也太侮蔑所謂的大人了。

十五歲這一年的春節到了，春之助回家去過年。水天宮廟會的晚上，他從雙親家返回小舟町。途中，順道到人形町的夜市逛了一下。看見一家古玩店裡有一面價格便宜、快要破掉的懷鏡，就買了回來，藏在書生房書櫃的抽屜裡。之後，一天總有幾次，會趁人不注意時拿出來端詳自己的臉。從小就被謳歌爲天才的春之助，一直很慶幸自己的幸運，但等他大到懂得要照鏡子了，卻受到一種深沉悲哀的打擊。之前未曾注意自己的容貌原來是這麼糟糕，讓他痛徹體認到長相醜陋的人既可恥又可憐。當他正面細看自己的臉時，就會無法克制心頭怒火，想把鏡子給摔壞。他的皮膚粗糙得可怕，膚色又憔悴晦暗，就像病人一樣。顴骨突出，給人感覺氣質很不好。既有少年白，頭髮又稀疏。鼻子下方的上顎部分如猴子一般隆起。再加上一口亂齒……。他忍不住感嘆：唉，怎麼會有如此不勻整的輪廓呢？他把鏡子橫放、斜放、向上或向下，不論從哪個角度，看起來都一樣醜陋，找不出一丁點美感。連玄一那個笨蛋的五官都長得比他端正多了。中學同年級的學生裡找不出比他差的。嶇留本店的小工也不乏美少年；假如是女孩，一定會被說長得水噹噹的。春之助心想：老天爺給了我秀逸非凡的頭腦，爲何容貌卻令人不忍卒睹呢？

曾聽說母親剛嫁過來時是町內公認首屈一指的美女。即使到了這把年紀，臉上仍有少女時代的影子。而父親欽三郎雖然被貧窮拖磨，卻也不難想像年輕時是出衆的美男子。雙親這樣俊美，爲何生的孩子卻醜怪不堪？實在令人大惑不解。忽然間，春之助想起一位伯母曾把他抱在膝上，說：「小春啊！你的鼻子跟媽媽好像喔，以後一定會變成大帥哥喔！」說起來，那是尚未入小學，才五、六歲初懂人事時的事了。當時他無從知道「以後會變成大帥哥」的預言會爲他往後的命運帶來多大的影響，因此隨便聽聽就過去了。現在回頭想想，伯母的預言眞是錯得離譜，讓他怨恨又不甘。不過，若回溯遙遠的記憶，誇他日後會相貌出衆的，應該不只伯母一人。常來找母親的女理髮師也曾極力讚賞：「妳家公子眞可愛，我不管走到哪裡，都不曾見過這樣好看的孩子。瞧！他的眼睛和鼻子都和妳這做母親的一模一樣，好像洋娃娃喔！」至今他還如夢般隱約記得這件事。這麼說來，當時他一定擁有姣好的容貌，至少具備了美男子該有的要素吧！老天不僅賜給他聰明絕頂的頭腦，也曾讓他擁有端正的五官。然而這些「要素」卻在不知不覺間消失無蹤了。

他轉念又想：「至少應該有一部分要素還在這張臉上才對。」於是更專注地端詳自己的長相。仔細看了以後得到這樣的結論：「啊！原來如此。」不知是錯覺與否，他發現自己的鼻子和母親很像，形狀也不差。鼻肉長得剛剛好，鼻梁高度也適中。可說是他五官中最好看的。眼神也算清澈明亮，雖不及母親那樣水汪汪的，仍給人一種可親可愛的感覺，還閃爍著聰明伶俐的光芒。至於嘴巴，牙齒的排列眞是慘不忍睹，不過若閉上唇就一點問題也沒有，這樣反而有點吸引人目光呢！如此看來，不論眼睛、鼻子或嘴巴，他的五官分開來都不見得哪裡不好，毋寧說還具備了美貌的要素。遺憾的是，這些原應妥善照顧，好好發展的條件，卻因少時過度用功，以及貧乏的境遇而受到不自然的迫害，以致後來變得奇形怪狀。初初萌芽的力量被硬生生地打斷；如同含苞待放的花蕊受到寒風侵襲，以致尙未綻放就已凋零。他至今還能一一細數外界壓迫帶給他的打擊。原應更有氣勢、更有活力的特質，變得膽小懦弱、心胸狹窄。背部也宛如佝僂般整個萎縮下來。這些悲哀都表現在五官各個部分。眼睛就算睜得大大的，眼神也很陰鬱，透露出憤世嫉俗的感覺。鼻子雖然高挺，但是很詭異地，看起來卻寒磣而醜怪。嘴巴的形狀本來有其優點，卻因牙齒排列紊亂，加上暴牙，使得美感被破壞殆盡。消瘦憔悴的雙頰之下是向外凸出的骨骼，讓臉部產生了突兀的陰影，看起來就像猴子一樣高低不平。更嚇人的是這陣子他臉上幾乎毫無血色，就算路邊的乞丐看起來都比他有精神，臉部光澤也略勝一籌。春之助不禁想著：「唉，明明是花樣年華，我爲何不像其他小孩一樣，天眞無邪、開開心心地玩樂？我應該到野外去唱歌，到河裡去捉魚，如此度過漫漫春日才對。天眞爛漫的年紀，爲什麼我選擇孤獨乖僻地度過？都是因爲想要得到神童美譽，才會坐在桌前苦讀。而且我還一副自以爲是的樣子。老天的懲罰顯然已經降臨肉體，讓我變成一個萎靡的人了。」想到這裡，湧出了悔恨的淚水。記得過去有好幾位學長多次提醒他要重視體育，應該嘗試點戶外活動，好好鍛鍊身體。然而，這些叮嚀都被他當作耳邊風，根本不放在心上，只一心想要鑽研哲學。他作夢也沒想到那輕視肉體的行爲，會爲他帶來如此深切的悔恨。

「我才十五歲而已，應該不必現在就灰心喪志吧！」

突然間，他又興起了戰鬥力，開始加入學校那些體育行家的行列。有些愛惡作劇的運動選手拍手嘲笑他：「聖人開始打網球囉！」「你們看瀨川在打球耶！」對於這些體育活動，春之助的智能與技術都拙劣得令人震驚。「聖人瀨川」在學問上表現出類拔萃，運動方面卻極其低能，這個事實隨著升上三年級機械體操和擊劍成爲新的必修科目而暴露在衆人眼前。吊單槓時，必須靠兩人從底下推他的臀部或足部，否則完全無法靠自己把身體撐上去。機械體操課輪到瀨川時，總會有兩個學生加一位老師幫忙；一個扶著他的脖子，一個拉著他的手，一個撐起他的腰，把巍巍顫顫，手無縛雞之力的春之助硬是頂到架子上去。時常搞得他們滿頭大汗。而即便被頂上去了，他也經常倒栽蔥地摔下來，整張臉埋入沙堆中。有時流鼻血，有時割破嘴唇，許久以後才眼冒金星、頭昏眼花地爬起來。一旁的學生看到這稀奇的光景，都抱著肚子哄堂大笑。

「你這沒用的傢伙，根本是殘廢一個嘛！」

那位從軍中退伍，心地惡毒的體操老師冷冷地看著他，侮蔑地說。學校老師裡唯有他一直對春之助毒舌相向。他不了解「聖人瀨川」有什麼好尊敬的。對這個自勉爲未來的耶穌基督與釋迦牟尼的神童而言，他是一個野蠻的迫害者。

常被這個老師欺負，讓春之助擔心有這麼大的缺陷的自己，該不會活活被他整死吧？有時命令他從平行棒頂端往下跳，結果重重摔傷背部，嘴裡塞滿了沙，一時還暈厥了過去。等他終於回過神來，張開茫然的雙眼，場上學生的哄堂大笑才慢慢傳入耳中。

「你們笑什麼？就算不會這些耍猴戲般的雜技又有什麼關係？我依然是偉大的天才。我的偉大不是你們這些凡夫俗子所能了解的。」

他在心裡不服輸地想著，並安慰自己：「所有的天才都有缺陷。假如各方面都發展平衡，我就會變成一個平凡人了。」隨著這種自負心態的日益加深，表面上，他好像很輕視運動員，但暗地裡卻對他們既害怕又羨慕。每當天氣好時，身著帥氣運動衣的棒球和網球選手在球場上痛快淋漓的樣子，他也只能遠遠地、怯懦地眺望。每當看到他們總會禁不住想：爲何我會這麼孤單地出生，這麼寂寞地成長呢？然後，開始詛咒自身的命運，流下絕望的淚水。

心地險惡、喜歡捉弄人的命運之神，又在春之助的臉上雪上加霜地痛下毒手。不知何時開始，他長出了面皰，隨著日子一天天過去，已蔓延到整張臉。額頭、臉頰或下巴，所有的空間都被豆子般大小的面皰塞爆，最後甚至繁殖到脖子上去。於是他照鏡子的次數變得越來越頻繁了。每天早上從被窩裡睜開眼睛，就會立刻照鏡子。他很在意面皰的數量，卻一概沒有消失的跡象。甚至在前一天早上看似略爲消腫的面皰與面皰之間，竟又長出新的獸角般毒辣的腫物。整體而言，在他那張慘澹無力的臉上，唯有新鮮的面皰威風凜凜地漲成鮮紅色，裡面還蓄著一堆膿汁。在窗外射進的晨光之下，映照得一清二楚。

「怎麼樣？很厲害吧？你的臉實在太寒酸了，讓我替你裝飾一下吧！我就是爲了這個而出現的，猜猜我是誰？我就是惡魔的使者。」

春之助感到面皰像是在恥笑他，對他說這樣的話。他無法不把這些可恨的面皰視爲惡魔的傑作，並加以詛咒。就像被狗咬的人爲了恫嚇那隻狗，會追著他跑一樣，他也會突然暴怒反擊，對著鏡子用力擠壓，直到整個壓爛爲止。然而，越是去擠壓，膿汁就漲得越滿，面皰亦腫得越厲害。經常這樣搞得他四、五天不得安寧。一直要等到熟透了，才會在他指甲的威力下崩潰，「噗」地一聲，彈出一塊白色脂肪。被擠破的地方潰爛了，就顯得更加難看。皮膚遭破壞殆盡，全是殘留的疤痕，就好比被啃光的玉米一樣，只剩下光禿禿的芯。

春之助時常替夫人跑腿，到芳町附近的花街柳巷去辦事，因此有機會接觸藝妓或半玉，並與他們簡單交談。相對於自己醜陋的外表，他吃驚地發現這裡竟聚集了這麼多容貌潔淨，體態高雅的女性。在鮮爲人知的新路上，御神燈微弱的光線搖曳蕩漾。兩旁並列著雅致、鳥籠一般的細格子門房屋。這些年輕女性就在如此氣氛與情調中，度過暮暮朝朝。每當看到她們的明眸皓齒，就會對自己有如野獸的外表自卑自棄。明明都是出生在這世上的人，爲何她們和自己會差別這麼大？別說面皰了，她們的肌膚上連一點瑕疵都沒有，宛如琉璃般光滑。水漾柔軟的絲織衣裳下，是婀娜多姿的手足。性感的體態充分表現出肉體之「美」，把他帶進如夢如幻的心境，覺得像在讀一首美好的詩。沒錯，她們的肉體是活生生的詩，是有生命的寶玉。相形之下自己又是如何？他訝然發現兩者的組織和成分有著本質上的差異。若說上天創造她們用的是宇宙之上清澄的精氣，那麼，就是用地下的糞土來製作自己。

「有人在家嗎？我是小舟町井上家來的……。」

他說著，一邊打開細格子門。平時的自負和驕傲，在此刻已全軍覆沒。就像是在門前乞討，無家可歸的人。

「唉呀！哪來這髒兮兮的小鬼呀？」他常不自覺地想像美女們會皺著眉頭竊竊私語。想到這裡就不禁更加怯懦。這些嬌弱纖細的女子，連榻榻米上跑進一隻毛毛蟲都會嚇得發抖，假使不知道他是夫人派來的，又會怎麼對待他呢？或許會冷酷苛薄地羞辱他吧！

「你究竟是什麼玩意？這裡可不是你這窮學生能來的地方喔！眞令人噁心，快點滾吧！」

不管他們的話有多難聽，看看自己的樣子，也沒有生氣的勇氣。畢竟自己的確是他們避之唯恐不及的醜陋窮書生。這種想像每每讓他羞恥得半死。

若是傍晚剛點上燈時去拜訪，就會看到他們並排在四五張梳妝台前，開始化妝的樣子。剛沐浴後的背部映照在明亮的燈光下，毫不吝惜地袒胸露乳著。鮮豔得宛若要燃燒起來的友禪染長襯衣，彷彿有自己的靈魂似地，妖豔性感地垂掛在一旁的竹衣架上。那皺綢布料柔婉的質地，不一會兒就會纏繞上這些女子溫潤如玉的肌膚，想到那個美的瞬間，春之助就忍不住渾身戰慄。

那些被稱為半玉的女性大約都和他差不多年紀。小小的家庭教師穿的是寒酸的窄袖棉衣，但那些少女卻身著高價衣裳，過得比大人還奢華。他們原本應該和春之助一樣，出自卑賤的窮人家，只因偶然幸運生得美貌，被風化業者相中，因此一年到頭得以錦衣玉食。如果說天才沒有小孩與大人之分，那麼，女性的美貌也不該有年齡之別才對。那些少女假美麗之便，被賦予了與大人一樣享樂的特權；不管奢侈也好傲慢也罷，或要戀愛或是滿口謊言，都是因為「我美麗故我在」的關係。若有人被他們的手腕欺騙，那是被騙者的愚昧，假如陷入對他們的愛戀，也是陷溺者自己的罪過。春之助被這樣的想法牽引，認為只要女人夠美貌，一切壞事都應該被允許。

面皰不僅詛咒了他的肉體，也讓他唯一能自豪的腦袋變愚蠢了。自從那個噁心的腫物出現以後，他就時常感到疲勞倦怠。像以前那樣夜讀時，很快就會感到睏意難當。連原本的慧根都變遲鈍了。而且就算讀了也不了解意思。白天上課時常體力不支，趴在桌上睡得渾然不覺。看到這個情形，學生們交換著眼神，拉扯彼此的袖子說：

「喂，喂！瀨川竟然在打瞌睡耶！」

老師對他滿懷同情。認為會這麼睏一定是在主人家工作太累的緣故。因此都裝作沒發現。只有在遇到艱澀的問題，而其他學生都解決不了時，才會微笑著把他叫醒，說：

「瀨川，你來回答這一題。」

春之助嚇了一跳，馬上站起來，揉揉惺忪的眼睛，看著黑板上的問題。果眞，一兩分鐘後就把難題解開，說得一清二楚了。這種情況是家常便飯，因此旁人更加讚賞他，說是奇蹟中的奇蹟：「連睡著了還能表現那麼好。」

在衆人的讚美聲中，春之助再度如釋重負，心想：「俗話說：臭掉了還是鯛魚；厲害的就是厲害。看來我的天賦還在腦子裡閃閃發光嘛！世間的凡人決不可能贏過我的，他們永遠只能在一旁讚嘆我這非凡的神童。」

即使稍微怠惰，不像以前那麼靈光，但他和凡夫俗子的頭腦先天上就有著無法逾越的距離。不久，十五歲的冬天過去，隔年三月的期末考試又到來。春之助一如往常地摘下首席桂冠。他已經升上中學四年級了。後年，也就是十八歲的春天，就能順利完成中學五年的學業，畢業後進入多年嚮往的高等學校文科就讀。小學開始便在心裡日夜描繪的夢想藍圖，至少直到目前爲止都還如預期在進行之中。然而，往後該如何達到目標，才是他所擔心的問題。按照計畫，高等學校畢業進入大學哲學系時，大約已達二十歲的年紀，他打算在那之前要充分累積修養，最後變成偉大的宗教家，讓世間閃爍著他的人格之光。但是，能否如預期般，不出問題地向前邁進？隨著往上爬的路越來越險惡、越遙遠，他發覺自己的慧根似乎已消磨的差不多了。

最近連原本最愛的哲學閱讀也慢了下來。他計畫著下次要讀那一本書，幾天內要全部讀完，接著，就會形式上地把書本打開，再形式上地掃過內容。然而，卻屢因睡魔襲來，什麼都沒讀進去。讓他最驚心的是記憶力衰退的程度。以前過目不忘的能力，現在已經空洞乾涸。就算盯著頁面上的字，努力專注其中，也會在讀了五、六行之後，就忘記剛讀過的內容。不僅如此，他也喪失了把文章意義刻進心底的功力。照這樣下去，他可能一步都無法再精進了。那麼，至少要把小時候懸梁刺股、勤奮苦學的廣博知識都保存起來才行。就算不能增加，至少也不能再減少。我一定要努力把它們封印在腦子裡……。然而，連這點小事都讓他感到困難重重。隨著腦力的鬆懈，原本勉力記取的細微知識，也宛如漏氣的瓦斯一般，從縫隙裡漸漸漏光了。德文和英文單字遺忘的速度之快，更佐證了他頭腦衰頹的事實。閱讀外文書時，常常發生極爲常見且早已背熟的詞彙卻怎麼都想不起來的情況。最後只好求助字典。「什麼嘛！笨蛋，連這麼簡單的字也會忘記。」他對自己發起脾氣來，粗魯地闔上辭典。不料，分明剛查過的意思，又立刻忘到九霄雲外。這時，與其說是焦躁氣憤，他體驗到的其實是恐怖悚然。

「啊！我的天分該不會就這樣全都被摧毀了吧？」

春之助彷彿能夠預見自己悲慘潦倒的結局。至少，他長年以來想成爲聖者哲人的目標，已被隔絕在遙遠的他方了。他甚至害怕自己醜陋肉體內澄淨的精神，也在不知不覺間，因染上惡習而徹底腐蝕消融了。

「爲什麼我會墮落到這個地步？我的頭腦再也無法恢復到以前那樣了嗎？」

他不禁憂心地反問自己。與此同時，卻又會聽到微弱的良心在向自己喊話：「你在裝什麼傻？你明明知道自己墮落的原因和恢復的方法。只要能克制下流的欲望，拋棄低級的惡習，就能回到神童時代的自己了。你只是在欺騙自己而已。」這就是良心的告白。每當如此，春之助就會馬上鞭笞自己，奮發圖強。但是，已經蝕入骨髓裡的惡習，就像熾烈的火焰，不斷將他推入誘惑的深淵。其實他早就發現了，臉上的面皰，時常感到的睏意，還有嚴重的健忘症，都是每晚的羞恥罪行所帶來的報應。

若能阻絕那可怕的惡習，應該很容易就能找回玲瓏透徹的頭腦。對這一點他分明清楚得很，但知道歸知道，每次都還是無法克制地捲入情欲之宴，於是就不再抵抗了。

第一次無意間嘗到這種罪惡的樂趣，已有一年多了。不久，他便明白那是道德上的罪惡，更是下流的行爲。等他意識到會多麼嚴重地戕害健康時，已然變成牢不可破的習慣了。不知從何時起，他開始愛慕阿町夫人的容貌，意淫鈴子小姐的肉體。

當他被派去芳町的新路，見到藝妓或半玉回來的那個夜晚，更會被幻想的惡作劇玩弄，彷彿野獸嗅到獵物般飢渴難當。有時連白天也是，一進廁所就是三十分鐘，遲遲不肯出來。一天天下去，讓他變得形銷骨損，內心也承受著慘痛的打擊。越是習慣，犯罪次數就越頻繁，後來，甚至到了每天都不可或缺的程度。

「啊！要到何時，我才能把芳町的美人擁入懷裡，好好享受呢？我該不會就在這下流的幻想中，滿足地死掉吧？」

悲哀的情緒始終縈繞在他心裡，揮之不去。他很清楚自己沒有機會戀慕那美貌的女子，只能做個寒酸的窮書生，孤單寂寞地度過一生。他開始祈求能變成儀表堂堂、風度翩翩的美男子。如果可以這樣，不管要他犧牲什麼都在所不惜。假如老天爺對他說：天才和美貌只能二選一。他一定會毫不猶豫地選擇後者。

比起聖人的境界，春之助變得更加羨慕當演員的人。後來他時常偷空跑去站著觀賞戲劇。在絢爛的舞台上，演員們展現著豔麗的肉體，在榮華與歡樂的錦緞交織而成的劇場氛圍下，過著如夢般陶醉的時光。每當想到這裡，就會忍不住怨恨自己淒慘的人生，覺得沒有生存意義。

有一天晚上，春之助鑽進被窩，靜下心來思考以下的事——。

「我並非小時候所自戀的那種純潔無垢的人。我的內在也不具有宗教家或哲學家的情操。之所以看來如此，只是因爲我很有天分，讓我在各方面的理解力都比其他小孩強上許多。我的意志力太薄弱了，根本過不了禪僧般枯淡的禁欲生活。而我的感性又太敏銳了，比起宣講靈魂不滅，我這男子眞正的使命是要謳歌人生。至今，我仍不認爲自己只是凡人，還是覺得我是天才。而既然察覺到我的天職是讚嘆世間之美，謳歌人生宴樂，那麼我的天分就能發光發熱。」

他這麼一想，便又覺得眼前一片光明。於是決定明天起不再愚蠢地逼自己讀哲學，而要回到十一、二歲的兒時樂趣，好好鑽研詩與藝術。

富美子之足

林水福　譯

老師：

　　年輕學生的我，跟老師連一面之識皆無，突然給您這樣的信實在失禮，請原諒。我現在要跟老師說的，這個長長的物語，無論如何請看到最後——在您百忙之中，甚是惶恐——先拜託您了！

　　不過，我也覺得說這樣的事有點太任性了，我要說的這個故事，對老師來說可能沒有那麼大的興趣不是嗎？我私下這麼想。如果您認爲多少還有點價值的話，什麼時候拿它當寫作的材料，我完全無異議。不！不僅是這樣，是我大大的光榮。老實說，我希望他日老師能把它寫成小說，內心裡有這樣的野心讓我寫這封信給您。如果不是老師，不是我一向崇拜的老師，那麼出現在這物語的主角可憐的、不可思議的心理，就不可能有人能夠理解。能夠同情這主角身世的人，捨老師之外無他。——這是我寫這封信最初的動機；要是您能夠聽我這個故事，當然光是這樣我就滿足；不過，我希望盡可能能夠當材料使用。只顧說自己想說的話，說不定您已經生氣了；不過要是可以，這物語裡的主角也一定很高興。總之，這物語裡那樣的事實，對於如老師想像力那麼豐富，累積了種種經驗的人而言，我不相信沒有一讀的價值。像我這樣沒有文采的男子寫的雖然不是特別的事，無論如何希望對這物語有興趣，希望能夠看完，這是我想再三拜託的。

這物語的主角是不久前已經逝世的人。那男子姓塚越，從江戶時代開始就在日本橋的松村町經營當鋪維生；而我要說的塚越是從先祖算下來第十代的人。二個月前剛逝世，那是今年的二月二十八日，歲數六十三。大約從四十前後罹患糖尿病，胖得像相撲力士，大約六、七年前併發肺結核，一年比一年衰瘦，從逝世前一、二年就像游絲，搬到鎌倉的七里濱別墅居住之間，從糖尿病轉移到肺，逐漸惡化終於辭世。搬到鎌倉時自己隱居，把店讓給叫角次郎的女婿，因此，家人稱呼他為「隱居××」，所以我在這故事中稱他為「隱居先生」。這個隱居先生跟東京的家人感情非常不好，病人快要斷氣時，還有臨終趕來的只有隱居先生的獨生女，角次郎的夫人，名叫初子。塚越家既是江戶的老家，單是在東京市內出人頭地的親戚也有五、六家，儘管如此，這些親戚們不僅隱居先生生病中很少來探望，連葬禮也極爲簡單，草草下葬了事。因此，隱居先生生病的情形，死亡前後的光景，清楚了解的只有那時在他枕邊服侍的傭人阿定，妾富美子，再加上我三個人而已。在這裡需要稍加說明的是我跟隱居先生的關係——以及我自己的境遇。我是山形縣飽海郡出生的，今年二十五歲，美術學校的學生。我家跟這塚越家是極遠極遠的親戚，因此，我第一次來東京時沒有其他可依靠之處，到了上野的車站，父親的信放在懷裡，就去找松村町的當鋪。那時候隱居先生還是當家時代，因此，我多少受到他的照顧。由於這緣故，我之後每年都到松村町兩三次；而隱居先生跟我的交往超過一般程度變得密切的是最近的事——這一年或半年之間。而這物語的主角除了隱居先生之外，還有女主角妾的富美子，還有我自己，在這物語多少有些關聯。我的地位並非單純的旁觀者，依角度不同或許我還擔任了重要的腳色。再者，我說明隱居先生的心理，或許同時也是我自己的心理解剖。

我與隱居先生是什麼因緣關係變得密切呢？不如說，是什麼緣故我開始接近隱居先生呢——故事非得從這裡開始不可。在山形縣鄉下長大的、青年的我，跟舊幕府時代出生江戶下町的老人隱居先生，無論嗜好、知識、整個人的風格，完全沒有共通點。我是第一次到城市的鄉下書生，憧憬西洋的文學、美術的東西，將來想當畫家的年輕人。隱居先生，是江戶兒之中正統的江戶兒，崇尚德川時代的舊習慣與傳統，讓我來說是有點裝模作樣，說不好聽的是裝行家的下町趣味的老頭子。因此隱居先生跟我，無論是誰看來都是完全不搭軋的兩人，話不可能投機。這兩人彼此變得親近的是我自己接近隱居先生的結果。從隱居先生來說，親戚或家人都討厭疏遠自己時，即使是遠親，我經常拜訪他，「隱居先生！」「隱居先生！」不斷地叫，不至於連些許高興都沒有吧！特別是臨死前，妾的富美子另當別論，我要是不每天到病房他是不會答應的。但如果最初不是我自己接近他，絕不可能變得這麼親密的。不知緣由的人，以爲我是同情被親戚和家人放棄的隱居先生的境遇，所以才常常去看他；如果被這麼說，我不得不臉紅。我接近隱居先生完全不是什麼特殊的動機，老實說，我去會隱居先生，其實更想見的是妾富美子。當然，也不是見了有什麼深的野心，又即使有那樣的野心，也明白像自己這樣的鄉下書生那也是無可企及的願望；儘管如此富美子的倩影常在眼前晃動，愛戀到十天不見就坐立難安的程度。因此，我想了許多藉口，即使沒事也到隱居先生家裡。

隱居先生開始被家人排斥，是被當時在柳橋當藝妓的富美子吸引，硬是帶進家裡之後的事。那確實是前年十二月左右，隱居先生年六十，富美子終於成了可以自立的藝妓、十六歲的年底。原本在這之前，隱居先生的放蕩已成了問題；一則從年輕時候開始就是吃喝嫖賭過日的人，二則已經六十歲了，不久就會停止吧，所以在那之前親戚之間也沒有太囉嗦吧！我聽到的是隱居先生二十歲時第一次結婚，之後三次更換太太，三十五歲跟第三次婚姻的妻子離婚之後，一直過著單身的生活。（據說獨生女的初子是跟最初的太太之間生的孩子）關於數次離婚，除了浪蕩子之外，也有人所不知的祕密原因隱藏在隱居先生的性癖好之中；不過，看來那是到最近之前大家都沒察覺的。不只是對太太，隱居先生就連藝妓也是見異思遷，才喜歡上一個女人，不到一個月之間馬上厭煩了，又對別的女人著迷。跟那方面的浪蕩子不相稱，他從未有眞正的愛戀對象——沒有彼此互愛的女人的例子。到目前爲止，隱居先生愛得昏頭轉向的女性很多，但是女的都只是爲了錢委身，從未有人打從心底回報隱居先生的愛情。隱居先生是江戶兒充滿活力，是自己和別人都承認的花柳界老手，相貌也普通，所以啊長久之間如果有一個感情深厚的女子也是應該的；奇妙的是老是被女人嫌、被欺騙。本來如剛剛說的是見異思遷的人，一時之間不管多麼著迷，或許女方無暇進入親密階段。

「像那個人一樣無論到什麼時候都不會停止遊蕩。能夠養女人也是好的，要是能固定一人，有了妾反而安定下來。」

親戚們經常這麼說。

最後只有富美子特別，隱居先生認識她，聽說是從前年夏天開始；對她的熱度之後毫無減退的樣子，歲月的流逝對她的愛戀卻逐漸激烈。而那年的十一月她從雛妓變為成年時，隱居先生自己預定負責一切，甚至連獨立經營的資金都準備好了；但是，沒不久光是這樣無法忍受，最後硬把她帶進松村町的家，也分不清身分是妾或是太太？可是，儘管隱居愛得這麼深，如往例女的並不那麼喜歡隱居先生。年齡相差四十，除非瘋子或笨蛋，否則這也是自然的，富美子乖乖聽話讓他贖身，無疑的也是看上隱居先生後日無多、目標還是財產吧！

我第一次發現松村町的家有不可思議的女人，是去年的正月年初，我去探望隱居先生時。從位在當鋪後邊住家的格子門為我帶路，如往常帶我到後邊獨立房子的隱居先生的房間：

「呀！宇之先生（我的名字是宇之吉。隱居先生不知從何時開始簡稱我宇之先生。被叫宇之先生像是什麼工匠的名字，我不喜歡。），歡迎你來。請進！再往前進！」

大概在這之前喝了酒吧！隱居先生寬闊的四角形額頭紅得發亮，即使在家裡也圍著暖和的絲質圍巾，人鑽進「炬燵」（こたつ、日式暖桌）裡，以江戶兒特有的捲舌腔，順溜的聲音，有如「落語家」（らくごか）的口吻，。那時我發現隱居的前面，炬燵斜前方坐著一個陌生女人。我進入客廳，女的單肘靠在炬燵邊，膝蓋有點歪斜，身體和頭扭向我這邊。我說「頭」跟「胴體」扭轉，是因爲那時這兩樣東西分別給我美的印象。那時無論如何沒有給我扭轉「身體」的印象。也就是說那柔美的頭與纖細胴體的動作如一波一波的波紋擴展開來。而且，恰好轉向這邊停止之後，那波紋，在身體的某一部分，例如從長長的頸子到肩的部分，感覺晃盪了一下子。那個女的姿態讓我感受到如此纖細、柔美、優雅！讓我有這樣感覺的一個原因或許是衣裳的關係。她穿著附有領子的進口衣服，以最近的華麗流行而言，或許可以說落伍的、樸素的，而且衣襬拖得長長的。隱居先生毫無驚慌失措樣子，以同樣時間看了我和那個女的臉說：

「這位是宇之吉。是我的遠親、美術學校的學生，家鄉的父親拜託我照顧，雖然照顧不周……」

眼睛細瞇瞇也沒特別對著誰，吃吃地笑。隱居先生大概是這樣把介紹我給女的吧！可是，女的是何來歷連一句話也沒告訴我。

「我是富美，請不用客氣！」

她有點害羞，口中這麼說著同時點頭，我也被她吸引跟著點頭，感覺好像被狐狸之類的附了身。

「哈！哈！這個女的一定是妾！」

我想一定是的，偷窺隱居先生的臉，盤腿而坐的他，紅鼻子兩側有深深的皺紋，在所謂的「蝦蟆嘴」的大嘴角，依然只見吃吃地不懷好意的微笑。然而在那微笑底下，我推測包含如下的肯定：

「如你所見這是我的妾，這次決定讓她住進家裡。」

不僅如此，我馬上察覺到隱居先生無疑相當疼愛這個女的。

怎麼說呢？因爲女的決不是什麼大美人，可是有著隱居先生喜歡的、俊俏的下町趣味的、感覺舒服的身高和臉蛋。這麼一想又覺得隱居先生齜牙咧嘴的笑意下隱藏著「怎麼樣？我發掘了好女人吧！」的得意。就妾而言拖曳著和服的衣襬，與打散像琺瑯瓷般光亮的黑髮，盤成島田氏髮型有點怪怪的，打扮得像藝妓出場樣子；這可能是穿著舶來品附有領子的衣服，同時也順從隱居先生的趣味故意做這樣的裝扮吧！（隱居先生是這麼醉心於江戶趣味。而我的推測後來得到印證，是正確的。）我自己的趣味，怎麼說也是喜歡有異國趣味的女子；不過看到這個女的有點完全的江戶趣味，沒有什麼不好的感覺。所謂完全的意思是，她的鼻子並非無缺點，有許多缺點反而形成另一種情調，加強了俊俏、固執女性的效果。我的意思是，這個女的要發揮這樣的美，必須有些缺點，而且沒有其他不必要的缺點。臉的輪廓是蛋形，下巴尖，臉頰過分抹殺情緒；不過，不是很堅硬的感覺，而是每次說話時被嘴唇的運動牽動，肌肉鬆弛如波浪狀，毋寧是柔軟、豐腴的感覺。額頭集中，髮際雖然不到可以說是富士額的程度，但是從富士形狀的頂上稍微下來的前髮左右邊，兩邊都同樣的有稍微掉毛之處，接著又像富士形狀開闊到眼角。富士形狀的不完整，直線稍微不直，又黑亮的頭髮底部，額頭部分有點白色，清晰彎入之處——在狹小的額頭不僅有多樣的變化，更襯托出髮質的黑亮也是事實。眉毛粗往上吊；幸好跟頭髮不同，毛薄且帶紅色，因此不會給人可怕的感覺。再則以鼻子的形狀而言，高聳、鼻梁直、鼻肉均勻；可是並不說沒有缺點。這麼說是因爲，前端的鼻尖部分肉稍多，眉與眉之間突起到那裡保持緩緩斜度的鼻梁直線，來到小鼻子根部肉有點太多了，因此角度不那麼陡峭。不過要是讓我說，如果這樣的容貌，這鼻子完全像雕刻似的話，那麼整體無疑地會變成冰冷感覺的臉。要是變成大蒜鼻就不好了；不過，鼻尖有點胖，有溫暖的感覺，一般認爲是好的。其次是嘴角的問題（這樣子臉部的結構一一拿出來，以我拙劣的文章說明，我想老師大概也感到困惑吧！可是，我沒辦法不盡可能精細描述這個女的臉。富美子是怎樣容貌的女人？我盡可能讓老師能夠了解。），像蛋形變狹窄的下巴之中，極爲均衡可愛的小嘴巴，特別可愛的，可說是江戶兒特長的下嘴唇。是的，她的下嘴唇如果像平常縮下去的話，那張臉即使變得端莊，可是，我想那嫵媚的味道、狡猾的、聰明的趣味就會失去吧！說到聰明，最富聰明樣的是那眼睛。大而水靈、散發著藍貝色的白眼中央，像琉璃發光偉大的黑眼，多麼聰明似地深沉，有如敏捷的身體沉在陽光透徹清冽的水底，尾鰭靜靜休息的魚。而像保護魚體的藻那樣，遮掩瞳孔之上的睫毛的長度，眼睛一閉上，睫毛前端就在臉頰的一半處。我到目前爲止沒見過那麼漂亮、那麼好看的睫毛。那睫毛長到讓人擔心會不會碰到瞳孔呢！眼睛張開時，分不清睫毛與黑眼的連接處，甚至看來有如黑眼溢出眼瞼之外。特別是讓睫毛跟瞳孔出色的是臉部整體的皮膚顏色。最近年輕女性（尤其是當過藝妓的女性）極爲清淡的化妝的皮膚，不是那麼花俏，包含像毛玻璃的鈍味，在無血色的、如夢的微白擴散當中，只有那黑眼像在紙上爬行的一隻甲蟲那樣鮮活。其實，我毫未誇張這個女的美。我只是老實表白我的感受而已。

如果是往常，年頭的拜會該適可而止；但我感覺像是撿到東西似的，那一天從早上到下午二、三點爲止，留下來用午餐陪伴隱居先生。我記得在那女的勸酒下，隱居先生醉了，我也醉得厲害。

「宇之先生，眞是失禮我還沒看過你畫的畫，你是學西洋畫的，畫油畫的肖像畫應該很擅長吧！」

隱居先生說這話是酒過三巡時候。

「說什麼擅長吧！實在失禮，你不要生氣呀！」

富美子親切的聲音說著，像是把長長的髮際扭曲似的，或者向下嘴唇把東西掐上來似的，頭稍微往我這邊伸出來。

「說什麼大概擅長吧！並不是我瞧不起宇之先生呀！如你所知我是老派的人，油畫什麼的分不清是好是壞……」

「奇怪呀！不懂的話，你更不可以有那種說法呀！」

這樣子以老成的口吻潑隱居先生冷水或規勸的富美子小姐，那時才剛剛十七歲的春天。隱居先生每次被責怪，雖然一一辯解，但眼角嘴角都浮現無可言喻的高興的微笑。那高興的表情過於明顯，我反而感到難爲情。有時，「哈！哈！哈！我又被將了一軍！」搔著頭故意做出非常惶恐的樣子。那樣子完全被富美子掌握手中，成了好人，天眞的樣子就像大嬰兒。在這裡的三人之中，隱居先生六十一，我年十九，富美小姐如剛剛說的十七歲是最年輕的；但從說話的態度判斷，讓人覺得順序剛好相反。在富美小姐面前，感覺隱居先生和我似乎都被當小孩看待。

隱居先生突然談起油畫乙事，我覺得奇怪，原來是想要我幫富美子畫肖像畫。

「好不好我不知道，因爲總覺得油畫比日本畫看來有眞實感啦！」

隱居先生這麼說，拜託我盡可能將她的樣子鮮活描畫。我能不能畫出讓老人滿意的畫呢？其實，我並無把握；然而，因這機緣有了可以親近富美子的野心，二話不說就答應了。因此，往後一個星期大約二次訪隱居先生的家，以富美小姐爲模特兒畫油畫。

東京下町像這樣就商人家的建築而言，每個地方大概相同，入口狹窄，相對的縱深廣闊，而越往裡邊光線越不好，白天暗得像倉庫；塚越家也是這樣子，當隱居先生房間的偏屋客廳，天氣稍微不好從午後三時左右暗得連報紙的字都看不清。加上正月的白天最短，因此學校下課我繞過去時分，外頭還亮亮的，隱居先生的房間已經開始暗下來了。要在這樣的房間畫油畫，是相當勉強的工作。說到可依靠的光線只有從房間前面約五坪的中庭力道薄弱的冬陽。有如被太陽拋棄的寂寞的、淺白的反射而已。

黑暗中一直坐著的富美子的瓜子臉，與肩部下滑、後襟拉下出現的髮際，有著些微的反射映白的光景——怎麼說才好呢？這已到了干擾我神經的程度，想停止繪畫之類的，一直注視著白而柔軟的肌肉線條。

終於到了要開始工作的階段時，隱居先生動腦筋點了六十燭光的燈泡，還加上瓦斯燈，室內亮到都感到刺眼。光線方面總算解決了——不！補給方面太超過了；其次是決定模特兒的姿勢，這是麻煩的問題。隱居先生最初的要求是肖像畫，所以我決定畫半身像就可以了，然而——

「宇之先生，怎麼樣？畫坐著的樣子沒意思吧！所以我想在這畫中擺出某種姿態，就畫那樣子可以嗎？」

隱居先生說著，從小壁櫥底下拿出一本舊的草雙紙[1]來，打開它讓我看其中的一幅插畫。那是種彥[2]的《鄉下源氏》，畫是國貞[3]畫的。圖是一個年輕女性——畫的恰好像擁有富美小姐那樣的國貞式美貌的女性，赤腳走了遙遠的鄉下道路而來，現在剛好來到像古寺的空屋。女的正準備進入空屋，坐在走廊，用手帕擦拭被泥土弄髒了的右邊赤腳。上半身往左邊大大傾斜，幾乎要倒下來的歪曲的胴體，只靠一隻纖細的手腕支撐，從走廊垂下的左腳腳尖微微踩到地面，右腳彎曲成「く」字形，用右手擦拭腳底的姿勢——那姿勢，足以證明從前優秀的浮世繪師對女人柔軟的肢體變化的觀察是多麼敏銳，有著多麼大的興趣，畫出令人驚訝的巧妙處。我最感興趣的是女人那柔軟的、纖細的手腳不僅可以做多種多樣的扭曲，而且不是毫無意義的扭曲，是極爲纖細的力道均衡貫徹全身各部位。女的坐在走廊，但絕不是以安定的姿勢坐著。如剛剛說的上半身向左方傾斜，右腳向外彎曲，因此，靠著走廊的左手腕只要稍一拉扯馬上失去平衡，可能會跌倒的危險姿勢。因此，爲了頂住那危險，必須使身體纖細的肌肉緊張到像鉛線一樣，這一點發揮了無可言喻的姿態之美，那是全身所有部位都緊張的關係。例如要支撐落下來的肩部的左手腕前端，手掌要完全附著在走廊的地板，五根手指幾乎要起痙攣。再則往地面垂下的左腳也不是毫無意義的下垂，用盡力氣的證據在於那腳底幾乎與脛垂直，還有從大拇趾尖端豎起像鳥嘴尖尖的，也可以明白。其中畫得最微妙的是彎曲的右腳與要擦拭腳的右手的關係。採取這樣的姿勢，必然非這樣不可；彎曲的右腳其實是因爲右手勉強彎曲，如果放開手，腳會往地面反彈。因此，手不僅要擦拭腳，同時爲了避免腳脫落還要用力往上扳。我這裡不得不承認浮世繪師細心與豐富的才華。怎麼說呢？手要把腳往上扳，要是握著腳踝或腳掌比較簡單，故意不這麼畫，手插入腳的無名趾與中趾之間，只抓著小趾和無名趾而讓整隻腳往上抬。腳讓二隻小趾穿過可愛的小手，如被壓著的發條擋住想彈開的力量，懸在空中的膝蓋噗嚕噗嚕發抖。我這麼說，努力想說明的畫面究竟是什麼東西？相信老師大概了解了吧。姿態美麗的女人慵懶手腳鬆弛如垂枝柳，茫然佇立或睡姿不雅雖亦有情趣，然如此畫全身彎曲，描繪出像鞭一樣讓人看到彈性之處，無損其特有之美，無疑的更爲困難。其中「柔軟」與「剛硬」共存，「緊張」之內有「纖細」，「運動」裡有「強弱」。例如擠出聲音喉嚨快破了還繼續啼叫的鶯，就出現可稱爲認眞的可愛模樣。其實，在這樣的姿勢中爲了給予這些美，連那個女的手腳一根一根的指尖的肌肉，都必須畫得充滿十足的生命力不可。這個女人這樣的姿勢，爲了表現她的嬌態不能說沒有精心雕琢或誇張之處，然而絕非不自然的姿態。只是在這樣的姿態表現這樣的嬌態，生來必須具備這麼纖細、這麼妖豔、完美的肢體。如果姿態醜陋、腳短、頸子粗的胖女人，那樣子就看不下去了。畫這幅畫的國貞，無疑的曾經目擊這樣的美女擺出這樣的姿勢。這麼妖豔的姿勢留在心中，準備某個時候加以運用。否則，單憑想像力無法把這麼困難的姿勢畫得這般盡善盡美吧！

我依隱居先生的要求，讓富美小姐擺出這樣的姿勢，用油畫畫出來，這畢竟是做不到的。假設以我拙劣的技術嘗試畫看看，如何能表現出如國貞版畫那麼美的效果。

完全不懂西洋畫的隱居先生，只考慮自己的希望。隱居先生心中大概想，沒有色彩的木板畫尚且表現出栩栩如生之美，以活生生的人當模特兒將這圖改爲油畫，不知多美呀！我向隱居先生懇切說明版畫可以畫得這麼巧妙，以油畫表現出同樣的效果，需要相當的才能與天分和熟練的理由而辭退。然而，我再怎麼說，隱居先生聽不進去。在客廳正中央搬出夏天乘涼用的竹製長板凳，要富美小姐坐在上面，說無論如何要畫她擦拭腳的姿態。畫得好不好反正自己也不懂，只要多少畫出模特兒的姿態就行了，總之，畫看看，至於禮金多少都沒問題。他這麼說著，點了不知多少次頭，堅持要我畫。

「千萬不要這說，拜託啦！無論如何拜託啦！……」

隱居先生這麼說著，如他綽號「蝦蟆嘴」的大嘴角浮現令人不快的吃吃微笑，分不清是開玩笑或正經的含糊不清的口吻，反覆說同一件事。平時做事極爲乾脆、一副深明事理的隱居先生，我那時才知道其實隱藏著固執的另一面。隱居先生這樣絮絮叨叨纏著跟人家的腳相關的固執個性，完全是意外的發現。而且，那時隱居先生的表情實在不可思議。說話的樣子、態度跟平常沒兩樣，可是不知何時眼神完全不同。即使跟我說著話，卻好像一直注視著外邊事物、好像瞳孔被吸進眼窩之底、一種異樣興奮的眼神。確實暗示著從那裡可以窺視頭腦亂了調有如發瘋的神經。在這眼神之中無疑的隱藏著某種不尋常的東西。隱居先生受到親戚忌妒討厭的緣由，或許就藏在這眼神後邊也說不定。剎那之間我這麼直覺，同時身體打了個寒顫。

特別是有助於我這個直覺的是那時富美小姐的態度。富美小姐察覺到隱居先生眼色變化，出現「又來了」的困惑表情，眉宇深鎖「ㄗ」地咋舌，接著以像斥責黏人小孩的口氣瞪著隱居先生說：

「你又怎麼了！宇之先生說不行的事兒，你說那些無理的話也沒用不是嗎？沒看過像你這麼不講理的！在客廳當中擺出在走廊的坐姿，那麼麻煩的模仿，對不起我做不到！」

於是，隱居先生朝著富美小姐像三跪九叩似地哀求，連哄帶騙地想討她高興，拜託她一定擺出坐在走廊擦拭腳的姿勢。（當然這麼說著拜託她之間，臉是笑嘻嘻地；只有眼睛越來越興奮。）我把自己的事置之一邊，不得不同情富美小姐。爲什麼呢？因爲國貞的畫是爲了捕捉某女人一瞬間動作的畫，擺出那樣的姿勢對模特兒也是相當困難的，我想那樣的姿勢很難維持三分鐘。儘管如此，任性的富美小姐意外地輕易聽從隱居先生的要求，雖說不願意卻坐到走廊上——我私自推測那一定有某種很深的理由。如果富美小姐一直說不願意不答應的話，隱居先生發瘋似的眼神會越來越興奮，最後不只是眼神，可能變成什麼言語動作的發作吧？——富美小姐擔心這樣所以委屈自己吧！我總覺得是這樣子的。

「宇之先生好可憐呀！不過這個人是瘋子碰不得呀，啊！畫得了畫不了不要緊，即使做個樣子讓他能消氣就行了。」富美小姐邊坐到走廊上邊說，因此，我更相信我的猜測是正確的。

「這樣子嗎？那就試看看吧！」

說著，不得已轉向畫架。當然不是眞的下了決心，只是了解富美小姐的意思不想忤逆隱居先生而已。富美小姐馬上模仿隱居先生所示草雙紙畫中的女人，左手按住走廊邊緣，用右手扳起彎曲成く字型的右腳趾尖，做出跟原畫完全相同的姿勢。說來好像很簡單，其實我那時驚訝得說不出話來。富美小姐一坐到走廊邊緣才一擺出姿勢，就馬上化成國貞畫的女人，這樣說我想或許比較貼近眞相吧！我剛才說以這樣的姿勢能表現這樣的嬌態，必須是天生具備纖細而妖豔肢體的女性；沒想到這句話拿來形容富美小姐手腳的纖細是最適當的。如果不是富美小姐那樣體態俊俏的人，無論如何無法輕易地完全像畫面的女人吧！聽說她當藝妓的時候最擅長的是跳舞；果然如此。如果不是這樣，擺出一般模特兒女性無法模仿的高難度姿勢，呈現這麼溫柔優雅而又輕鬆的體態應該是不可能的。我有陣子陷入沉醉的心情，一再比較畫中女性和富美子——比較到不知哪邊是畫哪邊是人的程度。是的！的確越看越不知哪邊是畫？哪邊是人。富美小姐的身體——畫中女人的身體、富美小姐的左手——畫中女人的左手、富美小姐左腳大拇趾的尖端——畫中女人左腳的拇趾的尖端——像這樣子一一檢查，哪邊相同部分都同樣有力，同樣緊張。似乎有點囉嗦；在這裡再讓我說一次富美小姐的體態有多麼的妖豔。即使一般模特兒的女性模仿畫中女人的姿勢，雖然不一定不能，可是除了模仿姿勢，同樣表現細微的肌肉的一道一道曲線的力與美，如果不是富美小姐可真的模仿不來。我其實想說不是富美小姐模仿畫中女人，而是畫中女人模仿富美小姐。甚至可以說國貞以富美小姐爲模特兒畫了這幅畫。

即使如此，在爲數相當多的草雙紙插畫中，隱居先生特別選這張圖要富美小姐模仿，不知究竟是何原因？爲什麼隱居先生會這麼喜歡這個姿勢呢？因爲隱居先生態度這麼激烈，突然讓我想到那樣的事。當然，擺出這樣的姿勢，體態妖豔的富美小姐無疑地比平凡的姿勢更能發揮；不過，只是這樣的理由我不認爲隱居先生會出現發瘋似的眼神，著迷到暈頭轉向的程度。對隱居先生的「眼神」開始抱持懷疑的我，很快就想像這姿勢裡一定隱藏著某種特別吸引老人的東西。而如果那裡有著普通姿勢無法表現的肉體美的一部分，不用說是從敞開的和服衣襬露出的兩腳的運動——剛好從小腿到腳尖部分的曲線。我是從小孩時代開始看到年輕女性美好的腳形，就會產生異樣快感的人，因此，其實我早就對富美小姐赤腳的完美曲線著迷。挺直、有如細心削刻的原色木材的小腿，越往前越細，來到腳踝之處先緊縮，之後再緩緩傾斜形成柔軟的腳背，而傾斜的盡頭處，五根腳趾從小拇趾依順序逐漸向前伸，朝大拇趾尖端並列的形狀，我覺得比富美小姐的容貌更美。如富美小姐的「容貌」，並非世間少有；可是形狀這麼美這麼漂亮的「腳」迄今未曾見過。腳背平平的、腳趾與腳趾開開的，看得到空隙的腳，跟容貌醜陋一樣讓人感到不愉快。然而，富美小姐的腳背隆起有肉，五根腳趾成英文的M字形緊緊貼在一起，如齒列整齊排列。感覺好像用米糕做成腳的形狀，其前端用剪刀喀嚓喀嚓剪掉，就形成這樣的腳趾，這般整齊。如果每一根腳趾以米糕手藝比擬，那個腳趾尖端附著的趾甲要怎麼譬喻才好呢？我想說像棋石的排列；可是實際上比棋石更妖豔，而且小得多。手藝精巧的工匠把珍珠貝切得細細薄薄的，每一片都細心研磨，用鑷子或什麼的植入米糕尖端，或許會有這麼漂亮的趾甲。每次讓我看到這麼美麗的東西，我深深感到造化之神製造每一個人是多麼不公平。普通的野獸或人的趾甲是「長出來」的；而富美小姐的趾甲不是「長出來」的，不得不說是

「雕刻出來」的。是的！富美小姐的趾甲天生就是一顆一顆的寶石。如果將趾甲從腳背切下來繫在數珠上，一定可以做成漂亮的女王頭飾。

那兩隻腳隨意踏在地面，或者慵懶地伸出在榻榻米上，已經給人有如莊嚴建築物那樣的美觀。然而它左邊那一腳，受到要往旁邊倒下的上半身的影響，強有力往下方伸出去，只稍微碰到地面的大拇趾的一點承受整隻腳的重量，促使腳趾趾尖用力踩地面。因此，從腳背到五根腳趾的皮膚都拉得很緊，同時，又自然的出現類似對膽怯的表情縮成一團。（使用表情或許奇怪；不過，我相信腳跟臉一樣有表情。看腳的表情就明白是多情的女人或冷酷的女人？）有如受到某種威脅馬上要飛走的小鳥，縮緊翅膀，腹部的氣鼓得滿滿的剎那的感覺。她的腳背成弓狀豎起，因此連內側柔軟的肌肉重疊一起的樣子，都一覽無遺。從裡邊看縮在一起的五根趾頭，如干貝並列。另一隻腳，因為用右手拉起離地尚有二、三尺的空間，所以呈現完全不同的表情。要是說「腳笑著呢！」一般人或許不能同意！即使是老師也可能將頭稍微歪一邊露出奇怪的表情吧！可是我除了說「腳笑著呢」之外，找不著能夠表現右腳表情的語言。那麼右腳是怎樣的形狀呢？由於小拇趾與中趾被抓著吊在空中，剩下的三根各自分散張開，宛如腳底被搔癢時呈現奇怪的媚態扭曲。是的！腳底被搔癢時，腳背和腳趾常常出現這樣的表情。由於是搔癢時的表情，所以說笑著呢，一點也沒問題吧！我剛才說呈現媚態，腳趾與腳背彼此盡量朝相反方向弓起，其分界的關節會有深陷的凹下形狀——整隻腳彎曲如裝飾用的蝦的形狀，我想這在觀者眼中的確呈現一種媚態。如果不是像富美小姐那樣有舞蹈的素養，身體的關節伸縮自如，腳沒辦法彎得那麼妖豔。那是像身材嬌媚的女人，在那裡跳舞的嬌態。還有不能漏掉的是那渾圓的腳踝。大部分女人的腳從小腿到腳踝之間的線條會出現破綻；然而，富美小姐的腳幾乎連一點缺點都沒有。我好幾次沒事也故意繞到富美小姐的後邊，偷偷欣賞從前面無法充分賞玩的腳踝的曲線，貪婪注視到深印腦中為止。下邊有怎樣的骨頭，有怎樣的肉附著才能跟這麼優美、渾圓有光澤的腳踝連接呢！富美小姐是從出生到十七歲為止，這腳踝從未踏過榻榻米和棉被以外的堅硬東西的東西嗎？我甚至覺得比起以一個男人活著，要是能夠變成美麗的腳踝跟在富美小姐腳的後邊，不知有多幸福哪？否則，我想當被富美小姐腳踝踏的榻榻米。要是說在這世上，我的生命與富美小姐的腳踝，哪邊比較尊貴呢？我會回答後者尊貴。如果是為了富美小姐的腳踝，我欣然就死。

富美小姐的左腳與右腳——有這麼相似，有這麼漂亮的姊妹二人嗎？而這二人彼此以不同姿態，比賽哪個漂亮？——我為了宣揚她的美使用過多的文字；最後還想加上一句話。那就是現在說的美麗的姊妹，包覆著她兩隻腳的膚色。無論形狀再怎麼漂亮，皮膚的色澤如果不好就不可能這麼漂亮。想來富美小姐自己也應該以美麗的腳爲傲，泡湯時跟臉部美容一樣也小心翼翼保護腳吧？總之，肌肉的膚色無疑地整年不懈怠清洗保護，所以才有潤澤與亮光，像象牙般潔白而光滑。不！老實說即使是象牙也沒有這樣的神祕顏色。象牙裡如果通上女性溫暖的血液，或許可以產生與這接近的、漂亮與神聖混合的不可思議顏色也說不定。

那隻腳說是白色，並不是全部是白的，腳踝四周和趾甲尖滲入薔薇顏色，形成淺紅色邊緣。看到這，讓我想起覆盆子加牛奶的夏天飲料。覆盆子的顏色融入白色牛奶的顏色——那顏色沿著富美小姐的腳的曲線流動。這或許是我的臆測，她爲了誇耀這漂亮的腳，對這麼彆扭不舒服的姿勢，說不定輕易就答應。

我對於異性的腳的這樣的感覺——只要看到美女的腳，馬上興起難以壓抑的憧憬之情，有如崇拜神的不可思議的心理作用——這個作用從小時候就隱藏在我心中深處；即使是小孩也心知那是病態的情緒，盡量不讓人知道。然而，感覺到這種瘋狂似的心理作用的人，並不是我一人，世上渴望異性之足的拜物教徒——被稱呼 Foot-Fetichist 之名的人，除我之外還有無數的人，最近我從書籍中得知這事實，之後我偷偷尋找自己的同伴在哪裡？很快地這塚越的隱居先生出現加入我的同伴。隱居先生跟我不一樣，他不會讀新的心理學書籍，當然也不想知道 Foot-Fetichist 這樣的慣用語，可能作夢也沒想到這世上有許多自己的同伴。恐怕跟我小孩時代想的一樣，相信只有自己是那種忌諱的性癖崇拜者。特別是像我這樣的青年不知道、以瀟灑江戶兒自居的隱居先生心中存在著近代的病態神經，其本身是一個時代的錯誤。「像我這樣通達情理的人，為什麼會有這樣奇怪的病？」隱居先生無疑地眉頭深鎖，擔心要是讓人知道了是多麼難為情的壞事呀！如果我不是患同樣的病，以懷疑的眼光觀察隱居先生的話，隱居先生大概永遠不會將心中的祕密暴露出來吧！我從最初就察覺到老人的舉止裡隱藏著不尋常的東西，他不時偷偷瞧富美小姐腳形的眼神，我感到奇怪，因此我說，

「對不起！這一位的腳，形狀實在漂亮啊！我每天在學校看慣了模特兒，卻沒看過這麼完美、這麼漂亮的腳。」

這麼說，故意誘發隱居先生。於是，隱居先生突然臉紅，如往例眼球遽然發出可怕的亮光，浮現像是想掩飾難為情的苦笑；我積極的說腳的曲線在女性肉體美中占多麼重要的因素，崇拜美麗的腳是常有的，隱居先生才逐漸放心，慢慢開始露出尾巴來了。

「哪！隱居先生，我剛才反對，不過隱居先生要這位採這樣的姿勢，的確有道理呀！採這樣的姿勢可以完全表現出這位的腳的美。隱居先生不能再說什麼不懂得繪畫咯！」

「不，謝謝！宇之先生這麼說我很高興！西洋方面我不知道，日本的女人從前都以漂亮的腳爲傲呀！所以，你看呀！舊幕府時代的藝妓爲了要讓人看腳，所以呀即使是寒天也絕不穿足袋。說那樣才俊俏，討客人高興；現在的藝妓出場都穿著足袋，跟以前完全相反呀！本來這陣子的女人腳很髒所以想脫也不能脫呀！這富美子的腳很美，所以我堅持任何時候絕不能穿足袋呢！」

隱居先生這麼說著，高興地揚揚下巴沾沾自喜。

「那樣的心情，宇之先生能夠了解，我沒什麼可說的了。畫即使畫不好也沒關係，所以啊！要是覺得麻煩，多餘之處不畫也不要緊，腳的部分請仔細畫好！」

最後說了正中我下懷的話。一般人只要畫臉部就行了，隱居先生卻說只要畫腳。從那一句話就無懷疑的餘地，知道他跟我有著同樣的病。

之後，我幾乎每天都到隱居先生家。即使在學校，富美小姐腳的形狀始終在眼前閃爍，完全沒辦法好好工作。即使到隱居先生的家，他要我做的工作也提不起精神，畫隨意敷衍一下，和隱居先生二人看富美小姐的腳，交換讚美腳的畫，度過時間。似乎了解隱居先生病態癖好的富美小姐，做無聊的模特兒工作，雖然有時露出厭煩的表情，不過大部分時間都默默地聽我們二人談話。說是模特兒並不是當被畫的模特兒，而是成爲像發瘋的老人與青年四隻眼睛注視的崇拜的視線——本人可能覺得很不舒服的視線——的目標，是爲了被崇拜的模特兒，因此，就富美小姐的立場可說相當奇妙的。這麼說來，天生美麗的腳卻帶來不必要的麻煩。一般女性對這種奇怪的工作可能敬而遠之吧！聰明的富美小姐這地方裝作不知，老老實實當老人的玩具。說是當玩具，只是讓人看赤腳崇拜，這樣對方就高興得快暈倒，從另一角度來看，沒有這麼容易的工作了！

隱居先生隨著跟我的交際日深無需多所顧慮，逐漸把他的病癖露骨透露出來。我出自一種好奇心把老人更往那方向拉攏過去。因此，我自己有必要說明自己膚淺的個性；我將過去的經驗說得更誇張更醜陋，努力盡可能將隱居先生的羞恥觀念從頭去除。現在想來那時的自己並非只是想知道他人祕密的單純好奇心，或許是隱藏在胸中深處難於停止的欲求所驅使。我與隱居先生成爲「同伴」之後，彼此想搜尋忌諱的感情底限也說不定。聽了我告白的話，隱居先生深表同感將他自己相似的經驗，毫無隱瞞說出來。從小孩時代到六十餘歲爲止的漫長經驗，就滑稽、醜陋、新奇的點上，有著遠比我豐富的材料。如果一一寫在這裡沒完沒了，一切省略。不過只舉其中一例，聽說隱居先生以竹製的長板凳代替伸展臺，搬到客廳正中央的，這次並非第一次，他從以前開始常在密閉的房間裡讓富美小姐坐在那長板凳上，自己模仿狗在她腳邊嬉鬧。隱居先生說，富美小姐覺得這樣的模仿行爲遠比接受丈夫的疼愛愉快……

剛好是那年的三月底，隱居先生眞正辦了「隱居」的手續，把當鋪轉讓給女兒女婿，自己搬到七里濱的別墅。表面的理由是因爲醫生的勸告，糖尿病和肺結核越來越嚴重非易地調養不可；其實是避人耳目，想和富美小姐過著肆無忌憚的生活。然而，搬到別墅後不久，隱居先生的病情越來越嚴重，本來是表面的理由很快變成實際的理由。對於疾病，脾氣非常倔強，患了糖尿病還大口大口喝酒，因此惡化是當然的。而且，肺病比糖尿病的狀況更讓人擔心，每天到了傍晚持續發燒到三十八、九度。以前就消瘦的身體，突然急速衰弱，半月之間憔悴得似乎換了個人，跟富美小姐無法逗玩嬉戲了。別墅蓋在山腰可以一望無際看大海；朝南，日照充足的十帖空間當主人的房間；枕頭放在明亮的走廊邊，隱居先生躺在床上除了三餐，連起身的力氣都沒有。有時咯血之後發黑的額頭朝向天花板，像死了般閉上眼睛，看來似乎已經覺悟似的。鎌倉的×××醫院的S醫生隔日來看診，聽說悄悄跟富美小姐說，「情況不樂觀。如果發燒一直不退，說不定會去得快，即使不是，也拖不了一年。」隨著病情惡化，老人的脾氣逐漸惡劣，用餐時說料理的調味不佳，逮住傭人的阿定大罵。

「這麼甜的東西怎麼吃得下去？你是欺負我是病人……」

沙啞而痛苦的聲音大罵，鹽巴放太多，味素加太多，發揮以往的「飲食達人」脾氣，出各色各樣的難題。本來身體不好的人味覺會改變，給再怎麼好吃的東西病人也不會滿意。這麼一來，隱居先生脾氣越大，一天三餐每次都把阿定給罵翻了。

「又說些莫名其妙的話……東西不好吃又不是阿定的關係。自己的口味變了不是嗎？生病了還老是說任性話。——阿定！打他沒關係。那麼難吃的話不要吃好了！」

隱居先生要是過於焦躁，富美小姐常這樣斥責。老人被她這麼一罵，就像蛞蝓被撒了鹽巴，很快消失似的閉上眼睛乖乖地。那時的富美小姐就像馴獸師，對待獸性大發的老虎或獅子，旁觀者不禁提心吊膽。

對任性無法處理的老人，不知何時做出這麼有權威舉動的富美小姐，那時候有時拋下病人離開別墅，不知消失何處，一天半天不見蹤影。

「我去買東西，順便去東京。」

自言自語似地說，她也不管隱居先生沒說好也沒說不好，就開始準備，說是去買東西，化妝、打扮卻出奇精心，然後突然不見了！富美小姐這樣的亂行（是的，無疑的是亂行。隱居先生死了沒多久她得到不少遺產，就跟前俳優的T結婚了；恐怕從那時起就避人耳目偷偷跟那個男人約會吧！）相當旁若無人，然而無論本家或親戚們早就對隱居先生的痴情厭煩，因此沒有人說什麼話。親戚們認爲臥床命在旦夕的老人，現在陷入被薄情妾虐待的命運，是咎由自取。而就富美小姐的立場考量，現在的年輕加上容貌，待在與屍骸無異的老人身邊，每天每天看著單調的大海顏色過日子，無疑悶悶不樂。從一開始就毫無愛情可言，能夠榨取的盡量搾取，幸好隱居先生被親戚放棄，罹患動彈不得的大病，已失去信心，認爲是時候了，等不及老人的死終於露出本性。

因此，富美小姐五天裡會消失一次；這一天病人心情一定特別不好。要是被富美小姐一說，馬上就縮下去像貓一樣乖順，只要她的影子一不見，馬上焦躁起來對女傭亂發脾氣。而即使正發脾氣當中，一聽到富美小姐回來的木屐聲音，隱居先生馬上停止斥罵，裝睡，一副事不關己的樣子。態度的轉變實在太不可思議，女傭阿定都忍不住笑出來。

別墅除了隱居先生和富美小姐之外，女傭阿定、煮飯的阿桑、負責洗澡水的男子一共住著五人。如剛剛說的，富美小姐沒有好好看護病人，所以看護工作落在阿定一人身上。醫生也勸告要請看護，但是隱居先生不同意。爲什麼呢——隱居先生現在即使躺在床上無法起身，可是以往的癖好並未停止，要是有了看護會干擾到自己的樂趣吧！知道這事實的人——美麗的腳的所有者富美小姐和我，還有阿定，只有三人。我自從隱居先生搬到鎌倉之後，與其說懷念富美小姐不如說懷念富美小姐的腳，經常到別墅玩。富美小姐也不能每天都出去，沒有聊天對象很無聊，所以歡迎我去拜訪。我常向學校請假，連續住兩三天是常有的。不過，比起富美小姐，隱居先生更歡迎我。這也是理所當然的，要是我不在，隱居先生那祕密的欲望或許就無法滿足。對躺在病床上的他而言，我的存在跟富美小姐同樣重要，自不待言。隱居先生背部長了褥瘡，連上廁所也沒辦法，因此，不能學狗兒看富美小姐的腳，自己什麼也做不了。不得已讓人把那張長板凳搬到自己的枕邊，然後要富美小姐坐在上邊，要我模仿狗，他一直注視著那情景。注視著那光景的隱居先生，感到衰弱體力無法承受的強烈刺激，雖然如此，卻感受到滲入脾肺的快感；同時模仿狗的我也體驗到跟隱居先生同樣刺激的快感。因此，我欣然答應隱居先生的要求。動不動就自己演出不在要求之列的動作。那些光景，現在邊寫邊回想，一幕一幕清晰浮現眼前……，那個，富美小姐的腳踩在我臉上時的心情——那時我覺得被踩的自己遠比看著出神的隱居先生幸福——總之，我代替隱居先生，在他面前演出許多崇拜富美小姐的腳並視為神聖的工作。本來就富美小姐而言，或許認為兩個男人把自己的腳當玩具，是異想天開的傢伙。

隱居先生狂亂的性癖因為找到我這個適當的同伴，跟肺結核的病情相同日益激烈。讓那可憐的老人陷入那麼深，說我沒罪也說不過去；而隱居先生很快地只欣賞我的動作已不能滿足了，自己也想無論如何觸碰一下富美小姐的腳。

「富美啊！拜託啦，用妳的腳踩我的額頭一會兒。這樣的話我就算死了也無憾！……」

隱居先生細聲說這事的時候有痰卡在喉嚨，斷斷續續氣喘。這時富美小姐美麗的眉根緊鎖，出現像踩到芋蟲時的痛苦表情，將柔軟的腳底默默地放在病人蒼白的額頭上。色澤良好、水嫩嫩的腳下，瘦得剩下骨頭、臉頰尖尖，靜靜閉目的病人的臉——呈土色，毫無表情的病人的臉，有如朝陽下融化的冰，讓人感覺感謝無上的恩寵睡得香甜，是否就此死去呢？也有像這樣子瘦扁的雙手慢慢拿到頭頂去摸富美小姐腳背的時候。

如醫生的預言，今年二月隱居先生終於陷入危篤狀態，可是意識還清醒，有時想起來似地繼續說妾的腳的事兒。食欲全無，可是富美小姐將牛奶或什麼東西，用棉花棒沾濕，用腳趾夾著送到他嘴邊，病人貪婪地一直舔著。這種做法最初是隱居先生想出來的，病重之後就持續這習慣。如果不是這樣，無論誰拿過去一概不接受。即使是富美小姐不用腳夾也不行。

臨終之日，富美小姐和我從早隨侍枕邊。午後三時左右醫生來了，注射樟腦液後回去，隱居先生說：

「啊！我不行了！……我馬上要斷氣了。……富美！富美！到我死爲止腳放在額頭上，我要在你的腳踩著之下死去。……」

聲音小到幾乎聽不到，可是每一個字卻很清楚。富美小姐如往常默默地，不高興的表情把腳放在病人的臉上。之後傍晚五點半隱居先生逝世，剛好兩小時半之間一直踩著，站到腳疲累，於是把長板凳搬到枕邊，右腳與左腳交互更換踩著。隱居先生在那之間只有一次細聲地說：

「謝謝！……」

點頭。富美小姐依然默默地。「沒辦法！這是最後一次，所以忍耐著。」或許是我多心了，她嘴角浮現這樣的淺笑被我看穿了。

死亡前約三十分鐘，從日本橋本家趕來的女兒初子當然目擊到這說不出的不可思議的、膚淺的、滑稽的、特別的光景。她對於父親的最後，與其說是悲傷，毋寧是毛骨悚然，低著頭，身體僵硬，無法久待。然而，富美小姐若無其事，因爲是被拜託的，腳放在老人的眉間之上。以初子立場而言不知多麼難過；然而富美小姐是富美小姐，由於對本家人的反感，故意蔑視他們才這麼堅持也說不定。可是這樣的堅持，不意是給予病人無上的慈悲。由於富美小姐這樣的舉動，老人得以在無限的歡喜中斷氣。死去的隱居先生把臉上美麗的富美小姐的腳看作是從天而降的，爲迎接自己的靈魂的紫色雲彩。

老師，塚越老人的故事到此結束。我本來打算只告訴您簡單的情節，不意寫了這麼長。我拙劣的文筆，可能浪費了老師不少寶貴的時間，實在抱歉。不過，上述的老人故事眞的連一顧的價値都沒有嗎？例如：人性情的倔強，這物語是否隱藏著倔強性情的暗示呢？我的文章極爲拙劣，如果能以老師的文筆加以修飾、訂正，我堅信以上的故事可以成爲傑出的小說吧！

最後衷心祝老師文筆精進身體健康

野田宇之吉

大正八年五月某日

谷崎老師

座右

譯註：

1 從江戶中期到明治初期，以插畫爲主，假名書寫的讀物。

2 柳亭種彥（一七八三——一八四二），通俗文藝作家。擅長小說、俳句、川柳、狂歌等。

3 歌川國貞（一七八六——一八六五），日本江戶時期浮世繪畫家，又稱三代歌川豐國。

谷崎潤一郎年表

一八八六年——明治十九年

七月二十四日、生於東京市日本橋區蠣殼町二丁目十四番地（現、中央區日本橋人形町一丁目七番地）。父倉五郎、母せき（關），次男出生；但長男出生後三日即死亡，因此戶籍上是長男。父爲外神田的酒商江澤家之三男，入贅久右衛門，改名谷崎倉五郎。

一八八七年——一歲

倉五郎獲祖父久右衛門之援助於日本橋青物町開設洋酒店；然不久即因經營不善，結束營業。

一八八八年——二歲

六月十日，祖父久右衛門逝世。祖父晚年受洗爲基督教徒，然葬於菩提寺之深川慈眼寺。

一八八九年——三歲

父繼承祖父留下之神田柳原河岸之點燈社；亦失敗，轉手他人。

一八九二年——六歲

九月，入阪本尋常高等小學，開始通學。個性内向，如無乳母陪伴無法上學。

一八九三年——七歲

三月，留級。四月起再從一年級唸起。

一八九四年——八歲

三月，以第一名升二年級。

一八九七年——十一歲

三月，尋常科四年修畢。四月，升高等科。導師稻葉清吉先生，到畢業爲止四年導師皆爲稻葉老師，受其薰陶，開啓通往文學之目。

一八九九年——十三歲

到築地歐文正鴻學館習英語，到日本橋龜島町之貫輪秋香塾習漢文朗讀。

一九〇一年——十五歲

三月，阪本尋常高等小學之高等科畢業，父無意讓其升學；本人請求及惜其才華之稻葉老師熱心勸導，獲伯父久兵衛之援助，四月，入東京府立第一中學校（現，日比谷高中）。

一九〇二年——十六歲

父生意失敗，被迫失學；獲渡邊盛衛老師等之幫助，從六月起住進築地精養軒主人北村家當學僕兼家庭教師。

一九〇五年——十九歲

三月，府立第一中學畢業。九月，入第一高等學校英法科。

一九〇七年——二十一歲

六月，與北村家女僕穗積福子的戀愛事件暴露，被逐出北村家。九月，住進一高的朵寮。學費由伯父久兵衛，與從小學起的好友偕樂園之笹沼源之助負擔。

一九〇八年——二十二歲

七月，第一高等學校英法科畢業。九月，入東京帝國大學國文科。

一九〇九年——二十三歲

這一年投稿《帝國文學》及《早稻田文學》皆被退稿。高度精神衰弱，到偕樂園位於常陸之助川（現，日立市）之別墅靜養。

一九一〇年——二十四歲

九月，以小山內薰爲盟主，與和辻哲郎、大貫晶川、後藤末雄、木村莊太等創刊第二次《新思潮》，於十一月號發表〈刺青〉；同月出席「潘之會」，第一次遇永井荷風。十二月於《新思潮》發表〈麒麟〉。

一九一一年——二十五歲

七月，因未繳納學雜費遭東京帝國大學退學。九月於〈昴〉發表〈幫間〉，十一月於《中央公論》發表〈祕密〉。永井荷風於《三田文學》發表〈谷崎潤一郎氏的作品〉對谷崎大爲讚賞，確定谷崎文壇之地位。十二月出版短篇小説集《刺青》。

一九一二年——明治四十五年/大正元年 二十六歲

一月，出席讀賣新聞社主辦於芝紅葉館之新年宴會。二月，於《中央公論》發表〈惡魔〉。四月，遊京都，神經衰弱復發。七月，徵兵體檢不合格。

一九一三年——二十七歲

於《中央公論》發表〈續惡魔〉。繼續流浪生活，居無定所；從四月下旬起約半年隱居小田原早川之旅館「亀谷」。

一九一五年——二十九歲

四月，與前橋出身之石川千代結婚，新居置於本所區（今，墨田區）向島新小梅町四番地。

一九一六年——三十歲

一月，於《中央公論》發表〈神童〉。四月，長女鮎子出生。六月，遷居小石川區（今，文京區）原町一五番地。

一九一七年——三十一歲

一月，於《中央公論》發表〈人魚之

嘆〉，於《新小説》發表〈魔術師〉。五月十四日，母關逝世，享年五十四歲。七月，發表〈異端者之悲傷〉於《中央公論》。

一九一八年——三十二歲

八月於《中外》發表〈小小的王國〉。同月，單身經朝鮮、滿洲到中國各地旅行。十二月，回。

一九一九年——三十三歲

一月，於「大阪每日新聞」「東京日日新聞」（二月結束）發表〈戀母記〉。同月二十四日，父倉五郎逝世，享年六十一歲。三月，遷居本鄉區（今文京區）曙町十番地。與居住附近駒込神明町之佐藤春夫開始親密交往。六月，於《雄弁》發表〈富美子之足〉。十二月，遷居神奈川縣小田原十字町三丁目七〇六番地。

一九二一年——三十五歲

一月，由春陽堂發行《潤一郎傑作全集》。三月，與佐藤春夫之間因千代夫人讓渡問題導致絕交（即所謂小田原事件）。

一九二二年——三十六歲

六月，於《新小説》發表戲曲〈阿國與五平〉。七月，於帝國劇場演出〈阿國與五平〉。

一九二三年——三十七歲

春，攜家人遊吉野、京都。九月一日，於箱根遭遇關東大地震，繞道關西搭船回橫濱，與於東京府下杉並村避難之家人會合。同月底舉家遷居關西。十二月遷居兵庫縣武庫郡六甲苦樂園。

一九二四年——三十八歲

三月，於「大阪朝日新聞」發表《痴

人之愛》（連載至六月），十一月於《女性》發表《痴人之愛》續篇（至二五年七月結束）。

一九二五年——三十九歲

七月，《痴人之愛》由改造社刊行。

一九二六年——大正十五年/昭和元年　三十九歲

經長崎再遊上海，與內山完造、田漢、郭沫若、歐陽予倩等相識。二月，回日本。九月，於《中央公論》發表戲曲〈白日夢〉。同月，與佐藤春夫和解。十月，遷居阪急沿線之兵庫縣武庫郡本山村岡本好文園二號。

一九二七年——四十一歲

一月，於《改造》發表〈饒舌錄〉，與芥川龍之介就小說情節展開論爭。七月，上京參加自殺之芥川龍之介喪禮。

一九二八年——四十二歲

三月，於改造發表〈卍〉（至一九三〇年四月），於「東京朝日新聞」「大阪朝日新聞」發表〈黑白〉。秋，遷居兵庫縣武庫郡岡本梅之谷。十二月，於「東京朝日新聞」「大阪朝日新聞」發表〈食蓼之虫〉（至一九二九年六月）。

一九二九年——四十三歲

十月，於《中央公論》發表〈三人法師〉，《饒舌錄》由改造社刊行。十一月，《食蓼之虫》由改造社刊行。

一九三〇年——四十四歲

三月，於「東京朝日新聞」「大阪朝日新聞」發表〈亂菊物語〉。四月，《谷崎潤一郎全集》（十二卷）由改造社刊行（至一九三一年十月）。八月，與千代夫人離婚，千代與佐藤結婚，三人聯名向社會公告其要旨，即所謂「讓妻事件」（細君讓渡事件）。

一九三一年——四十五歲

一月，上京與舊識「婦人沙龍俱樂部」記者古川丁未子訂婚。同月，於《中央公論》發表〈吉野葛〉，四月，於《婦人公論》發表〈戀愛及色情〉。同月，與古川丁未子結婚。同月，《卍》由改造社刊行。九月，於《中央公論》發表〈盲目物語〉。十月，於《新青年》發表〈武州公祕話〉。十一月，遷居西宮市外夙川之大社村根津別墅。同月，於《中央公論》發表〈給佐藤春夫談過去半輩子〉（至十二月）

一九三二年——四十六歲

二月，於《中央公論》發表〈我所見的大阪及大阪人〉，《盲目物語》由中央公論社刊行。四月，《倚松庵隨筆》由創元社刊行。這期間開始與根津松子談戀愛。十一月，於改造社發表〈割蘆花〉。

一九三三年——四十七歲

四月，手寫本《割蘆花》由創元社刊行。五月，與丁未子夫人分居，事實上是離婚。六月，於《中央公論》發表〈春琴抄〉。八月，由中央公論社刊行《青春物語》。十一月，與弟弟精二絕交。十二月，於《經濟往來》發表〈陰翳禮讚〉（至翌年一月）。同月，《春琴抄》由創元社刊行。

一九三四年——四十八歲

三月，與根津松子悄悄同居。四月，松子姓從根津改回森田。六月，於《改造》發表〈表春琴抄後語〉。

十一月，《文章讀本》由中央公論社刊行。

一九三五年——四十九歲

一月，於《中央公論》發表〈我的貧乏物語〉。同月於自宅與森田松子舉行婚禮。五月，《攝陽隨筆》於中央公論社刊行。九月，開始現代語譯《源氏物語》。十月，《武州公祕話》由中央公論社刊行。

一九三六年——五十歲

一月，於《改造》發表〈貓與庄造與二個女人〉。六月，《食蓼之虫》由創元社刊行。

一九三七年——五十一歲

二月，盲目物語由創元社刊行。八月，獲選爲帝國藝術院會員。七月，《貓與庄造與二個女人》，十二月，《吉野葛》由創元社刊行。

一九三八年——五十二歲

二月，於《中央公論》發表〈有關源氏物語的現代語譯〉。九月，《源氏物語》的現代語譯經由山田孝雄審定後脱稿。

一九三九年——五十三歲

一月，於《中央公論》發表〈源氏物語序〉。同月，《潤一郎源氏物語》（二十六卷）由中央公論社刊行（一九四一年刊完）。四月，長女鮎子與佐藤春夫外甥竹田龍兒結婚。六月，與絕交六年的弟弟精二和解。

一九四一年——五十五歲

獲選爲日本藝術院會員。

一九四二年——五十六歲

於熱海市購別墅，之後執筆《細雪》常住宿熱海別墅。

一九四三年——五十七歲

一月、三月於中央公論連載〈細雪〉，遭軍部施壓禁止刊登；中央公論社社長嶋中雄作、中學時代朋友土屋計左右等之援助繼續撰寫。

一九四四年——五十八歲

四月，家人避難到熱海市別墅。七月，《細雪》上卷之私家版付梓，印二百本送親朋好友。十二月，《細雪》中卷完稿。

一九四五年——五十九歲

八月十三日，永井荷風從岡山市來訪。十月，二戰結束後第一次上京，商量《細雪》出版事宜。

一九四六年——六十歲

六月，《細雪》上卷由中央公論社刊行。十一月，遷居京都市左京區南禪寺下河原町五十二番地，命名爲（前）「潺湲亭」。

一九四七年——六十一歲

二月，《細雪》中卷由中央公論社刊行。三月，〈細雪〉下卷於《婦人公論》發表（至四八年二月）。六月，與新村出、川田順、吉井勇等於京都大宮寓所謁見天皇。九月，松子長女木津惠美子以次女身分遷入戶口。十一月，《細雪》獲每日出版文化獎。

一九四八年——六十二歲

十二月，《細雪》下卷由中央公論社刊行。

一九四九年——六十三歲

一月，〈細雪〉獲昭和二十三年度朝日文化獎。四月，遷居京都市左京下鴨泉川町五番地，稱（後）「潺湲亭」。十一月，與志賀直哉等獲第八屆文化勳章。同月，於每日新聞發表

〈少將滋幹之母〉（至一九五〇年二月）。

一九五〇年——六十四歲

購入熱海市仲田八〇五番地別墅，命名（前）「雪後庵」之後因健康因素，夏季多於此處度過。八月，〈少將滋幹之母〉由每日新聞社刊行。

一九五一年——六十五歲

五月，《潤一郎新譯源氏物語》（全十二卷）由中央公論社刊行（至一九五四年十二月）。十一月，獲選爲文化功勞者。這一年埋頭〈新譯源氏物語〉。

一九五二年——六十六歲

爲高血壓所苦，靜養。

一九五三年——六十七歲

五月，處分熱海仲田之「雪後庵」，租借山王飯店內之土屋別墅。

一九五四年——六十八歲

四月，遷居熱海市伊豆山鳴澤（後「雪後庵」，從一九五九左右亦稱「湘碧山房」）。七月，〈潤一郎新譯源氏物語〉完稿。

一九五五年——六十九歲

十月，《潤一郎新譯源氏物語》典藏版（全五卷）由中央公論社刊行。

一九五六年——七十歲

一月，於《中央公論》發表〈鍵〉。十二月，《鍵》由中央公論社刊行。四月，因大多住於熱海之「雪後庵」，因此賣掉京都下鴨之「潺暖亭」。

一九五七年——七十一歲

三月，《幼少時代》由文藝春秋新社刊行。九月，於《中央公論》社發表〈不孝之回憶〉。十二月，《谷崎潤一郎全集》（全三十卷）由中央公論社刊行（至一九五九年七月）。

一九五八年——七十二歲

二月，於《婦人公論》發表〈殘虐記〉（十一月中斷）。六月，於《中央公論》發表〈故鄉〉。十一月，輕微發作，醫生勸告需靜養三個月。

一九五九年——七十三歲

發作後右手疼痛，之後採口述筆記。四月，於《週刊新潮》發表〈高血壓之回憶〉（連載至六月）。十月，於《中央公論》發表〈夢浮橋〉。

一九六〇年——七十四歲

二月，《夢浮橋》由中央公論社刊行。四月，次女惠美子與關世榮夫結婚。十月，因狹心症住院東大上田內科（十二月出院）。

一九六一年——七十五歲

四月，《三種場合》由中央公論社刊行。十一月，於《中央公論》發表〈瘋癲老人日記〉（至一九六二年五月）。

一九六二年——七十六歲

五月，《瘋癲老人日記》由中央公論社刊行。十一月，於《sunny 每日》發表〈廚房太平記〉（至一九六三年三月）

一九六三年——七十七歲

一月，《瘋癲老人日記》獲一九六一年度每日藝術大獎。四月，《廚房太平記》由中央公論社刊行。六月，於《中央公論》發表〈雪後庵夜話〉（至九月）。這期間住於東京都文京區關口町之目白台公寓。

一九六四年——七十八歲

一月，〈續雪後庵夜話〉發表於中央公論。六月，獲選爲全美藝術院・

美國文學藝術學院名譽會員，七月，遷居神奈川湯河原町吉濱字蓮之平新居，取名「湘碧山房」。十一月，《谷崎潤一郎新新譯源氏物語》（全十卷別卷一）由中央公論社刊行（至一九六五年十月）

一九六五年——昭和四十年　七十九歲

一月，於東京醫科齒科大學附屬病院住院，三月，出院。五月，遊京都。七月二十五日病發。同月三十日，因腎不全併發心不全，於湯河原之自宅逝世。八月三日，於青山葬儀所舉行葬禮。同月二十五日，葬於京都市左京區鹿之谷法然院。戒名安樂壽院功譽文林德潤居士。

一九六六年

十一月，《谷崎潤一郎全集》（全二十八卷）由中央公論社開始刊行（至一九七〇年七月）。

一九六七年

十二月，遺稿集《雪後庵夜話》由中央公論社刊行。

一九九一年

二月，松子夫人逝世。

二〇一五年

五月，《谷崎潤一郎全集》（全二十六卷）由中央公論新社開始刊行。

小說精選

刺青：谷崎潤一郎短篇小說精選集

2015年10月初版　　定價：新臺幣290元
2023年3月初版第四刷

著　　者　谷崎潤一郎
譯　　者　林水福
　　　　　徐雪蓉
叢書編輯　陳逸華
校　　對　施亞蒨
整體設計　朱疋

出版者　聯經出版事業股份有限公司
地　址　新北市汐止區大同路一段369號1樓
叢書主編電話　(02)86925588轉5305
台北聯經書房　台北市新生南路三段94號
電　話　(02)23620308
郵政劃撥帳戶第0100559-3號
郵撥電話　(02)23620308
印刷者　世和印製企業有限公司
總經銷　聯合發行股份有限公司
發行所　新北市新店區寶橋路235巷6弄6號2F
電　話　(02)29178022

副總編輯　陳逸華
總編輯　涂豐恩
總經理　陳芝宇
社　長　羅國俊
發行人　林載爵

行政院新聞局出版事業登記證局版臺業字第0130號

本書如有缺頁，破損，倒裝請寄回台北聯經書房更換。　ISBN 978-957-08-4364-4 (平裝)
聯經網址 http://www.linkingbooks.com.tw
電子信箱 e-mail:linking@udngroup.com

國家圖書館出版品預行編目資料

刺青：谷崎潤一郎短篇小說精選集 / 谷崎潤一郎著．
林水福、徐雪蓉譯．初版．新北市．聯經．2015.10
256面；14.8×21公分．(小說精選)
ISBN 978-957-08-4364-4（平裝）
[2023年3月初版第四刷]

861.57 104021529